QUATRO DIAS DE REBELIÃO

Joel Rufino dos Santos

QUATRO DIAS DE REBELIÃO

5ª edição

JOSÉ OLYMPIO
EDITORA

Reservam-se os direitos desta edição à
EDITORA JOSÉ OLYMPIO LTDA.
Rua Argentina, 171 – 1º andar – São Cristóvão
20921-380 – Rio de Janeiro, RJ – República Federativa do Brasil
Tel.: (21) 2585-2060 Fax: (21) 2585-2086
Printed in Brazil / Impresso no Brasil

Atendemos pelo Reembolso Postal

ISBN 85-03-00945-5

Capa: Leonardo Iaccarino
Ilustrações: Suely Avellar

CIP-Brasil. Catalogação-na-fonte
Sindicato Nacional dos Editores de Livros, RJ.

S235q
5ª ed.

Santos, Joel Rufino dos, 1941-
Quatro dias de rebelião / Joel Rufino dos Santos. – 5ª ed. – Rio de Janeiro: José Olympio, 2006.

Inclui bibliografia
ISBN 85-03-00945-5

1. Brasil – História – Revolta da Vacina Obrigatória, 1904 – Literatura infanto-juvenil. 2. Vacinação – Rio de Janeiro (Estado) – História – Literatura infanto-juvenil.

CDD – 028.5
CDU – 087.5

06-1729

Para
NELSON, JULIANA, SIMONE,
JANAÍNA E EDSON LUÍS,

em nome de todos os pequenos companheiros.

SUMÁRIO

NECESSÁRIA ADVERTÊNCIA

ESTA HISTÓRIA foi escrita para jovens leitores.

Não foi completamente inventada. Rodrigues Alves, Silva Piragibe, Manduca, Beiço de Prata, Oswaldo Cruz, Lima Sobrinho, Lindinho, Galeguinho da Saúde — existiram de verdade.

Nunca disseram, talvez, as palavras que eu os fiz dizer. Se alguém, vivo, é responsável pela memória deles, perdoe. O processo literário em que se atribuem palavras e gestos irreais a pessoas reais é velho e consagrado.

Rosemblim, Closete, Nero, a Rainha dos Carapicuís, Marreta, Raul Perneira, Capitão Atlas, mr. Walter L. Cawsert — toda esta gente foi inventada. Poderiam ter existido, mas não existiram.

Alterei, também, ligeiramente, alguns fatos históricos. A verdade histórica, porém, foi respeitada. Exemplo: a rua da Pouca-Vergonha é a atual rua do Senado. Não podia ficar ao pé do morro da Mortona, fazendo esquina com a Camerino. A troca, não prejudica nada nem ninguém.

É que eu gostei demais do nome "rua da Pouca-Vergonha" para não usá-lo.

De resto, contei o caso como o caso foi.

Rio de Janeiro, 10 janeiro de 1977.

JOEL RUFINO DOS SANTOS

I

VÉSPERA

NADA HAVIA DE ESPECIAL em Manduca. Nem ocorrera, na sua vida, até aquele dia, nada de notável. Caminhando no meio do povo, passaria despercebido. Usava o chapéu-palhinha de banda, como qualquer rapaz da Saúde; e, nos piqueniques de Santa Cruz, seu luxo era um pantalão xadrez azul e vermelho, suas cores preferidas.

De exclusivamente seu, tinha, apenas, um olhar agudo. Os lábios eram finos, os cabelos revoltos sobre a testa, o nariz muito afilado — Manduca lembrava um ratinho, temos de convir. Parecia pronto a recolher migalhas em plena queda.

Quando tudo começou?

Sinceramente, não sei. Posso apenas contar o que se passou — explicar, marcar datas, é difícil. Digamos que foi naquela tarde de novembro, grudenta de tanto calor — um calor que fazia escorrer o suor, feito bagas, pelas ancas dos animais, ali perto, na hospedaria dos burros.

Entrou no açougue a cigana Closete. O xale sobre os grandes peitos parecia mais sujo do que o normal, mais forte o seu cheiro de mula e sândalo. Closete entrou para falar do destino. Quem não a recebia? Difícil entender o que ela dizia, as frases se atropelavam, mas seus dentes, pequenos e separados, seus dedos cálidos, prendiam, prendiam...

Às 14h20, na casa em frente, Rosemblim largou a agulha e pegou o pistão. Manduca, depois que Closete saiu, estirou-se no balcão, formentado pelo calor. Nisso, uma voz antipática cortou-lhe os pensamentos:

— Com licença!

Duas fardas aproximaram-se do balcão. Leves como gatos, espiaram pela porta que conduzia ao interior da casa. Postaram-se, depois, nas duas saídas do açougue. A vacinação obrigatória!

O funcionário, que os acompanhava, abriu uma caixa preta, escolheu agulhas:

— Aconselho o senhor... — começava a dizer, mas em seguida entretinha-se com as agulhas. — Aconselho o senhor a ir por bem.

A porta do açougue enchera-se de vizinhos. O vacinador sorriu: vacinando o filho do açougueiro, completava a sua cota diária. Manduca fora cercado em sua própria casa. Tinha 17 anos e era forte como os touros de Sevilha que morriam uma vez por ano no Campo de Santana. Sabia, porém, quanto custa brigar com homens fardados.

O pistão de Rosemblim enchia a tarde de notas agoniadas. Algumas ruas além, Closete perdeu uma tira do seu chinelinho de pano.

Digamos que a nossa história tenha começado dessa maneira.

AQUI, NA TRAVESSA DA POUCA-VERGONHA, moram pretos estivadores, caixeiros recém-chegados de Lisboa — enjoados ainda da comprida viagem no *Adamastor* —, minhotos de calças listradas. Talvez o nome da rua venha — não posso assegurar — dos soldados que, após as sete horas da noite, apertam sob as claridades sujas dos lampiões, as costureiras dos seus amores.

Um nome assim, contudo, não faz jus à seriedade dos moradores da nossa rua. Honestos e trabalhadores são a maioria dos viventes da Pouca-Vergonha.

Na Pouca-Vergonha, o Comércio está representado pelo Açougue Transmontano e pela venda do Lobão. A Indústria, pela ferraria do Nero. Numa das suas pontas, a rua sobe um morro — e exatamente antes de começar a subir, há uma hospedaria. Chama-se "A Samaritana", moradia de marinheiros e caixeirinhos tísicos.

O Poder Público tinha, é claro, de estar presente: justo na esquina com a rua do Chapéu fica a "hospedaria dos burros". (Você a sente imediatamente ao entrar na nossa rua, aquele cheiro quente de bosta e suor.)

Fora estes estabelecimentos, a rua da Pouca-Vergonha são casinhas de porta e janela, meninas brincando de roda, ao cair do sol, o traque-traque das máquinas de costura. (Quando os homens saem para o porto, suas mulheres começam imediatamente a pedalar.) E Rosemblim.

O Rio sempre foi uma cidade de tipos misteriosos. O da nossa rua chamava-se Rosemblim.

Nunca conseguimos decidir, por exemplo, se Rosemblim é um homem bom. Possui uma estante de pinho com dezenas de livros, mas parece que ele os despreza. Até hoje só vimos aberto, sobre a mesa de costura, o *Livro dos Mortos.*

Rosemblim odeia polícia — um ódio vesgo e rubro —, tem um cão, um pistão azinhavrado e uma filha gorda. Do outro lado da nossa cidade chegam, quase todo dia, empertigados criados portando encomendas de roupas, às vezes seus próprios patrões vêm pessoalmente se submeter ao metro e à tesoura de Rosemblim. Mas, quando dá as 14h20 ele enfia as agulhas no manequim, abre o *Livro dos Mortos*, e toca, toca até trazer a noite com suas estrelas.

ESTA HISTÓRIA podia começar no dia seguinte.

Dez horas da manhã. Entrava pelo açougue, junto com o mormaço, um cheiro de bosta e suor. Manduca conversava com alguém, via-se que era pessoa de casa:

— O destino não existe, Manduca, apesar da crença do povo.

(O açougue Transmontano é o único da Saúde, com suas gradeadas portas de ferro, seu balcão escuro e seboso. No Transmontano compram-se 250 gramas de acém, meio quilo de costela, dois dedos de toicinho — tudo magro e seco como as costureirinhas e caixeiros que os mandam comprar. Também na venda do Lobão é tudo miúdo, um centavo de batata-inglesa, um punhado de açúcar preto, um molho de couve, duas bananas amassadas, um cigarro, 500 réis de cachaça.)

Os guardas entraram no açougue sem pedir licença:

— Marreta! Quem é o Marreta aí?

Manduca ia responder. O sujeito que estava com ele pisou-lhe o pé, por detrás do balcão. Atirou a guimba do cigarro por cima dos polícias:

— Marreta? Vou chamar. Esperem um instante.

O cabo enfiou os polegares no cinturão. Os dois soldados, enquanto isso, foram fechar as portas do açougue.

— Mas o que é? — perguntou Manduca.

— Bolas! Não viemos aqui para responder perguntas, garoto. Viemos para prender — falou o cabo; e, de repente, como se lembrasse de alguma coisa:

— Corô! Que faz aí que não seguiu o homem? Vamos!

Os três entraram correndo. Manduca podia aproveitar para escapar. Qualquer coisa de muito divertida, porém, que só ele sabia, estava acontecendo.

No fundo do corredor os soldados acharam um quintal. Sob uma goiabeira, um velho numa cadeira de rodas parecia esquecido da vida.

— O Marreta. Cadê o Marreta? — perguntavam os soldados.

— Foi por ali — apontou o velho.

Tentaram pular o muro. Uma calça fez raaaaaque!

— Bobagem — cortou o sargento. — Cerquem o quarteirão, idiotas.

Àquela altura sabia inútil qualquer perseguição. Marreta enganara-os.

— O garoto vai conosco — berrou o cabo. — Não, o bosta deste aleijado, não. Só o garoto. Ele vai conhecer o peso de uma palmatória.

Espumavam-lhe os cantos dos lábios.

PRECISAVA INFORMAR algumas coisas, antes de prosseguir.

O ano de 1904 foi, sem dúvida, o mais misterioso da História do Brasil. Em São Paulo, por exemplo, as pessoas que esperavam ansiosamente o romper do ano, tiveram uma surpresa. Desde às 23 horas, o céu ganhou uma claridade baça, com estrias vermelhas, como se não fosse noite. Conseqüentemente, não houve o esperado amanhecer de 1º de janeiro de 1904.

Em Ouro Preto, apareceu uma velhinha preta com um lenço cheio de moedas. Perguntaram-lhe o que queria. "Quero comprar minha liberdade", respondeu ela. "Não precisa, minha velha", explicou o prefeito. "A escravidão já acabou há muito tempo." Alguém perguntou que idade ela tinha. "Não sei bem", respondeu ela. "Só sei contar até 100." E falando isso, abriu o lenço na calçada. As moedas eram do tempo de dom João.

A cidade do Rio de Janeiro, que sempre tinha vivido enrodilhada sobre o próprio ventre, um dia amanheceu de face para o mar — três avenidões em forma de U realizaram este milagre. Muita gente temeu que as novas avenidas, formando correntes de ar, matassem o povo de pneumonia... Ao contrário, ninguém morreu disso, o Rio tomou gosto pela praia, ficou alegre e piadista.

No Rio, em São Paulo, em Porto Alegre, por toda parte, apareceu um jogo estranho. Um grupo de caras de um lado, outro grupo de outro. Um balão de couro que tinha de ser metido pelos jogadores em dois sacos enormes, um de cada lado do campo. Tudo a poder de pontapés.

Apareceu em São Cristóvão, um bairro baixo, repleto de poças d'água, o primeiro cinematógrafo do subúrbio: muita gente saía lá de dentro sem acreditar. "Que existe, existe. Mas eu não acredito."

Nada, porém, se comparou — em matéria de milagres e mistérios — a Inana. Quem era? A mulher que flutuava sozinha ficava na rua do Ouvidor, mais perto da praia do que do largo de São Francisco.

Apertado em negro fraque, cinzento na bunda, de cartola, Victorio Scarpolo abria as duas pernas na calçada:

— *Signori. È arrivata la grande meraviglia europea! Venite! Venite! La moglie che fluttua in aria.!*

Senhores elegantes bebericam vermute nas portas das confeitarias. Grupos de moças passam, sorrindo discretamente por detrás dos leques.

— *È arrivata, signori! La moglie che fluttua sola. Inaaaaaaaaaaaaná!*

Os cartazes já andaram até em Xangai, mas Victorio Scarpolo garante que estão chegando diretamente de Gênova para a rua do Ouvidor. A entrada é por trás de um biombo amarelo e azul, marchetado de estrelas. Fuma-se lá dentro. Ouvem-se exclamações, risos nervosos, arrastar de pés. Inana, por enquanto, está tranqüilamente deitada sobre um leito de veludo.

Scarpolo espia o relógio. E berra a única frase completa que sabe em português:

— Vai começar a Inana!

Entram apressados os últimos espectadores. (Não vamos entrar outra vez. Claro, como toda a cidade, eu também vi o espetáculo de levitação. Verdade ou mentira? Não sei. A história que estou contando tem mais perguntas que respostas.)

Terminou. No meio do povo que saía estavam duas meninas, via-se logo que eram irmãs. Tinham as mãos frias de emoção. Nininha, a mais nova, 12 anos no máximo, fixara-se na mágica. Por um breve instante o pássaro amarelo do mistério tocara com a asa esquerda seu coração de criança pobre.

Amélia, nos seus 17 anos, estava emocionada por outra razão: entre véus, Inana fora a mais bela mulher da sua vida. Brancarona, toda de preto, faces besuntadas de vermelhão — aquela mulher ficaria, para sempre, no centro dos seus sonhos.

Alguém as esperava na porta. Nero, o gigante da travessa da Pouca-Vergonha, segurava a bicicleta na sua manopla como se fosse um brinquedo.

— Vai ver a Inana? — conseguiu perguntar Maria Amélia. — É linda...

Mas antes de terminar a frase entendeu que o ferreiro estava preocupado com outra coisa. E, pelo visto, grave.

— É que levaram Manduca — falou ele. — Você precisa vir comigo.

— *Venite! Venite!* — berrava Victorio Scarpolo.

NERO E AMÉLIA chegaram à delegacia dos Andradas. (Nininha ficara em casa.)

— O major não atende ninguém, hoje — foi logo informando o cabo, ainda na porta. — Que querem?

— É sobre um preso... — ia dizendo a garota.

— Não lhe interessa — cortou abruptamente o ferreiro. — Precisamos falar ao major.

— O major não atende ninguém, já disse. Mas, se quiser um conselho, amiguinho, vá logo procurar um *pistolão*. O senhor major, desta vez, não pode soltar nem a mãe dele. Ordens do chefe de polícia, do presidente. Entendeu, amiguinho?

O ferreiro sentiu um nó na garganta. Vontade de esganar o outro. Lembrou-se, ainda há tempo, que estava ali para salvar e não para desgraçar-se ele também.

— Mas quem é o cara? — prosseguiu o cabo, insolente; depois, reconhecendo a chorosa Maria Amélia: — Ah, é o Manduca, já sei. Anarquista, tá frito, amiguinho. Desta vez estão fritos.

O ferreiro tomou a garota pelo braço e, sem uma palavra, foram descendo a rua. Iam à casa de um *pistolão*.

— Vou à casa de um conhecido. Não precisa vir. Prepare uma marmita para o Manduca, dê umas patacas ao cabo.

Enfiou a mão no bolso:

— Tome.

Saltou para o selim e, num instante, desapareceu.

(Quantas coisas sabia fazer este grandalhão do Nero? Aparentemente, todas. Só não se tornaria, por nada deste mundo, um homem da Lei — mas não por falta de habilidade. Nero, como Rosemblim, aprendera a detestar a Lei e seus representantes. Sabia todas as profissões que dependem das mãos, não da força das mãos, mas do talento das mãos: alfaiate, marceneiro, padeiro, bombeiro, pedreiro, calafate. Sua mulher, mulata cabo-verde, lábios roxos de amora, a metade somente da altura de Nero, sabia também o quanto ele era um marido carinhoso.)

A bicicleta entrou como um foguete na rua das Palmeiras. Nero não ia, a bem da verdade, com muitas esperanças. Seriam 5h30 da tarde — o sol já se esfarelava, avermelhado, por entre as folhas das árvores.

D. Lucana o recebeu na varanda. Ele insistia em falar com o dr. Raul. Imediatamente.

— Está na cidade, seu Nero. Entre. Mando fazer-lhe uma limonada.

— Não, não, d. Lucana. É caso muito grave.

Ela conhecia a determinação do ferreiro. Nisso, o casal de *dobermanns* saiu latindo em direção ao portão. Raul Perneira acabava de chegar.

Não cumprimentou a mulher, não afagou os animais. A cara do companheiro Nero lhe dizia tudo.

— Soube das prisões, companheiro. Não podemos fazer nada.

E baixando a voz, que não ouvisse a mulher:

— Eu também estou ameaçado.

— Suspeitava que fosse ouvir isto — disse Nero. — É um garoto, sobrinho do Marreta.

— E Marreta? Agarraram-no, também? — indagou Raul, com medo.

— Felizmente não. O garoto deu cobertura.

NA TARDE DESTE DIA, nada aconteceu que mereça ser contado.

Manduca estava preso, em lugar de seu tio Marreta. Nero rodava à procura de um *pistolão* que pudesse soltá-lo. O presidente da República ocupava-se diligentemente dos seus altos afazeres. Os vacinadores percorriam as ruas da cidade, aplicando a maravilhosa injeção antivariólica (acompanhados de dois polícias, é verdade; mas isto se explica pelo afã do governo em salvar o povo).

A noite chegou estrelada, trazida pelo pistão de Rosemblim.

O último bonde — 15 minutos para as sete horas — despeja os passageiros em frente à venda do Lobão. A venda espera ainda um instante, há quem compre um cigarro, algumas batatas, um vidro de xarope.

O acendedor de lampiões *derruba* um cálice de Parati, junto com o comerciante. A filha de Rosemblim retorna, entre sombras — ela vem sempre a pé — da loja em que é primeira modista, gorda e amarfanhada.

— O Manduca foi preso — comentou o acendedor de lampiões, enxugando o bigode.

— Quero ver quem vai abrir o açougue amanhã — responde o Lobão.

— Só pode ser o Nero. Os dois são unha e carne... Quando o Nero foi preso, lembra, seu Lobão?, o Manduca é quem funcionou na ferraria.

— Foi. Este Marreta é um tipo sem juízo. Quem vai sustentar o velho? A política, seu Praxedes, não é para os pobres.

— Não é o que digo? — concordou o acendedor de lampiões.

— Em Manteigas... — ia o Lobão começar o seu assunto preferido: as lembranças da sua aldeia, perdida numa serra de Portugal.

No largo dos bondes, ao pé do morro, neguinhas de cabelo espetado, cantam cantigas de todas as noites:

> Ô mulata assanhada,
> onde é que você mora,
> moro na praia Formosa...

Do outro lado da cidade, o presidente da República cochila um instante sobre o livro que está lendo. É de Xenofonte e chama-se *História de Ciro, o Grande.* Tenta prosseguir na leitura:

> ...E no inverno, não lhes basta ter cobertos e abrigados a cabeça, o corpo e os pés, mas querem ter luvas grossas e belas

para as mãos e os dedos. No verão, não se contentam com a sombra das árvores e dos penhascos, mas nas próprias sombras colocam servos para inventarem novas sombras.

Não sabe mais de quem o autor está falando. Experimenta uma súbita vontade de ir ao banheiro.

No fundo do vaso lê as palavras de sempre: Bruslen, Dalton & Co. Lambeth-London.

Arrasta-se até a cama. Boceja. Puxa o barrete para a testa.

A HORA DE DORMIR chegou também na delegacia dos Andradas.

Um lampião, no centro do pátio, jorra uma claridade amarela para dentro das celas. A fumaça encobre as estrelas. A voz de um portuguesinho sai pelas grades:

— A justiça está sempre contra os pobres. Sempre, amigos. Além disso, é uma ironia este carcereiro chamar-se Spartaco. Spartaco era um homem grande, mas por dentro. Sempre haverá homens como estes dois Spartacos: o de verdade, do tempo dos romanos; e este malfeitor, maltratador de pobres indefesos...

— Não quero conversas por aí! — berrou o carcereiro. E, passado um minuto: — Isto aqui não é pensão.

II

1º DIA DE REBELIÃO

DEZ HORAS E VINTE MINUTOS. Largo de São Francisco.

Um sujeitinho míope, muito tesinho na sobrecasaca escura, trepou à estátua de José Bonifácio:

— Fluminenses! — berrou. — A vacina obrigatória é um atentado à liberdade. Recusamos morrer, saiba o bastardo, o patife do Rodrigues Alves!

Era comum os oradores inflamados falarem agarrados à estátua do Patriarca. Quem chegasse ao largo, vindo de qualquer rua, daria de cara com ele, ouvindo suas palavras mesmo que não quisesse. Não, o estranho não era isso.

O estranho é que o sujeitinho inimigo da vacina foi prontamente aplaudido. Os *vivas* e *morras* quase escondiam a sua voz, uma vozinha trêmula e esganiçada:

— A vacina não cura, mata. Está confirmado pelos mais prestigiosos cientistas do mundo, o que este sacripanta de fraque recusa ver.

(O "sacripanta de fraque" era, evidentemente, o presidente da República.)

— O princípio da vacina é falso. Mil vezes falso.

Um soldado veio correndo dos Andradas. Puxou-o pelo braço. Apitou.

— Não sabe que não pode, agitador?

— Largue-me, estafermo! — respondeu o inimigo da vacina. — Vai dizer ao teu aguazil que o povo desta vez não está com medo.

Atendendo ao apito, três urbanos começaram a arrastá-lo.

— Beleguins! Beleguins! Beleguins! — gritava o sujeito. Como um macaquinho, seu braço esquerdo insistia em agarrar-se ao pedestal do Patriarca.

Começou a juntar povo.

— Livra, cornos! — berrou uma mulher.

Uma perna longa e ágil derrubou os três soldados.

— Larga o moço! Toma, panaca, aprende!

— Conosco é nove e não tira farinha!

Ouvindo este grito de guerra, os soldados caídos levantaram-se dum salto. Pareciam eletrizados, de medo. Na pressa, caíram de novo. Apitavam freneticamente. Aí, o povo ficou coalhado de fardas azuis.

— Ai dos que tocarem no tri... — ia discursando outra vez o sujeitinho, mas foi agarrado, ao mesmo tempo, por dezenas de guardas. — ...buno do povo!

Foi de novo arrastado, a sobrecasaca em tiras. Ainda assim berrava:

— O que nunca, nunquinha, vamos aceitar é esta vacina!

— Cale-se! Cale-se! — berravam, igualmente, os soldados. E já surravam-no impiedosamente: — Toma, anarquista, cão, toma mais e mais e mais!

— Não vou! Não vou!

— Vai, nem que seja pelas tripas!

Os bondes pararam, no fundo do largo. Um outro orador tomara o lugar do primeiro:

— Gentes! Haverá no mundo inteiro qualidade de rato pior que polícia?

Homens precavidos enrolavam os pescoços em lenço de seda. (Só os lenços de seda impediam o corte fino das navalhas.) Os chapéus de palha voavam como gaivotas. Já se ouviam as surdas batidas de varapaus contra chanfos.

O inimigo da vacina, de novo em liberdade, atira longe o que sobrou da sobrecasaca, sobe aos ombros de José Bonifácio:

— Assim é que deve ser. O povo reage e dá o troco! Morra a vacina!

Um bonde entalou no meio da guerra. Alguém roubou a chave do motorneiro, ele saiu correndo atrás e, de repente, achou-se no espaço aberto pelos capoeiras, na frente do orador:

— A chave! Dêem-me a chave, pelo amor de Deus!

Os guardas retornam. Esgazeados, vão para o motorneiro, mas alguém, com um soco-inglês estupendo derruba, num só giro, dois policiais.

— Nojentos! Estão dando no motorneiro!

Um sargento apareceu para comandar a retirada:

— Para o quartel! Estamos com menor potência de fogo. Para o quartel!

— Esperem que o baile vai começar! — ameaçava um soldado com a farda rasgada.

A agitação, entretanto, se transferira para o átrio da igreja de São Francisco. O deputado Lima Sobrinho ia discursar.

— Já não chega? Já não chega? — perguntava uma mulher que só agora tinha encontrado o filho.

— É ele! Ah, mas se este homem soubesse a magia de suas palavras.

— O maior orador do Brasil! — comentava um tipo, prudentemente trepado ao estribo do bonde.

Lima Sobrinho já estava falando:

— O governo de fazendeiros, sujo e opressor, só planeja matar-vos. Ontem, no Império, sugavam vosso sangue humilde. Hoje, matam-vos de uma vez.

— Abaixo a vacina obrigatória!

— Abaixo! Abaixo!

Lima Sobrinho continuava, quase indiferente à exaltação que provocava:

— Latifundiários, sois como morcegos. Obedeceis ao Silvério de Guaratinguetá!

— Silvério de Guaratinguetá! — repetia um colegial. — Como este tribuno é inteligente...

— Está falando de quem? — perguntou um capoeira.

— Do patife do Rodrigues — respondeu o colegial, como se xingar o presidente da República fosse a coisa mais natural deste mundo.

— Contra o latifúndio — explicava, agora, o deputado — o remédio é so-ci-a-lis-mo! Viva o espírito libérrimo das ruas! Viva o povo e morram os opressores!

— Chufa! Uuuuuuh! Morra!

Barbosa Lima passou o polegar por baixo da gravata vermelha.

Ia recomeçar, quando ouviu-se um estrépito de mil cavalos. Os cavalarianos vinham para a desforra, espadas em punho. Abriram-se claros. Uma colegial berrava desesperada de dentro do bonde:

— Covardes! Covardes! Covardes!

— Viva o brioso Regimento de Cavalaria! — alguém gritou.

Um café ergueu, então, as suas portas. Quem pôde entrou lá. Um cavalo passou, contudo, atrás, derrubando mesas. As portas se fecharam.

O primeiro orador, o sujeitinho míope, em frangalhos, foi pendurado entre dois cavaleiros que sumiram com ele pelos Andradas.

— Meus óculos, patifes! Não me levarão sem os meus óculos! — berrava.

Lima Sobrinho estava cercado no átrio da igreja.

Centenas de pessoas foram enfileiradas sob as vistas do sargento:

— Há feridos, cabo?

— Poucos, sargento. Vencemos.

Uma mulher sentada no meio-fio chora baixinho. Da sua testa pinga qualquer coisa.

O POVO DO RIO teria enlouquecido? Pode ser, mas esta explicação parece simples demais. Cada um tem o direito de supor o que quiser. Eu, de minha parte, relatei o que se passou aquela manhã — a primeira dos quatro dias rubros de rebelião.

— EI, GAROTO! Me dá o *Jornal do Commercio*.

— Tome — respondiam os vendedores de jornal. — O senhor já sabe do *meeting* da noite, no Centro?

— Sei, obrigado.

Uma conversa como esta repetiu-se centenas de vezes na cidade após o meio-dia. Os jornaleiros haviam-se transformado em arautos da rebelião. Pelas esquinas, em torno dos cálices de Parati, só se falava dos conflitos daquela manhã. (E, a acreditar nos mais exagerados, o efetivo policial inteiro da cidade fora posto fora de combate.)

Quando tudo começou?

Mesmo uma pessoa inteligente e criteriosa — como, por exemplo, o dr. Raul Perneira, médico e usineiro, marquês de Vila Real de Guaratiba — teria dificuldade em responder. Hoje, então, passados mais de 50 anos, é quase impossível.

Há quem se arrisque a dizer que foi no *meeting* daquela manhã, no largo de São Francisco. Outros, menos simplistas, alegam que a temperatura só começou a subir à tarde.

Há outras questões por resolver, além do começo da rebelião. Ela foi espontânea ou organizada?

O fato de os jornaleiros convocarem o povo para a reunião política (*meeting* era a palavra usada naquela época) na rua da Assembléia, parece provar que havia uma organização por trás daquilo. Uma organização palpitante como um coração. As palavras do inimigo da vacina, o que iniciara a agitação daquela manhã, eram extremamente violentas. E, revendo-as agora, provavelmente premeditadas.

Por outro lado, o povo tinha muitas espinhas atravessadas na garganta. Conforme um orador explicaria, naquela mesma noite, o povo tinha "boas e fortes razões" para se rebelar. Nesse sentido, a rebelião foi espontânea, ninguém precisou provocá-la.

Quem podia supor que o bom e ordeiro povo do Rio atacasse feito louco a sua gloriosa polícia?

O presidente da República, o que achou daquilo?

Bem, o dr. Rodrigues Alves, acabou se convencendo, depois que tudo passou, das seguintes coisas:

1°. Os anarquistas é que insuflaram o povo à revolta.

2°. Tendo sido o verão de 1904 o mais quente da História do Brasil, o povo estava, naturalmente, predisposto à baderna.

Para se dar o devido peso a esta "explicação" do presidente, é bom que se saiba:

1°. O presidente, embora inteligente, morreu sem nunca saber direito o que era um anarquista.

2°. "Predisposição à baderna por causa do calor" foi a explicação mais cômoda que ele encontrou numa certa noite, prestes a ferrar no sono. Naquele momento o barrete de morim pesava-lhe na cabeça como chumbo.

SE VOCÊ FOSSE AO CENTRO OPERÁRIO, aquela noite, subiria por uma escada rangente e escura.

Se chegasse depois das 7 horas, não conseguiria entrar, de tão cheio. Vidraceiros, tecelões, sacários do porto, calceteiros das novas avenidas em construção — operários de todo tipo —, acotovelados com estudantes, empregadinhos do comércio e desempregados. (Ainda não falei, mas o ano de 1904 foi de muito desemprego.)

A multidão, embaixo, não parava de crescer.

— Os oradores, falem da sacada! — berrou alguém.

Dentro do Centro já não era possível nem respirar.

— Isso! Não cabe mais! Na sacada!

A Liga Contra a Vacina programara, para começar, uma hora de arte. Um milanês, afinador de pianos, cantou *O Martírio de Caserio.* Quando chegou aos últimos versos, poucos haviam entendido, mas as palmas estrugiram:

Il popolo al cui tu l'anima donasti
Non ti comprese e pur tu non ti piegasti.

Em seguida, falou o deputado Lima Sobrinho. Trazia a cabeça enfaixada e um círculo de amora em volta do olho esquerdo. Passou e repassou o polegar sob a gravata:

— Aqui sempre se lutou pela liberdade — começou. — Este é o país de Tiradentes. Mas, não esqueçais, aqui também morou Silvério dos Reis...

Esperou calar a última palma. Continuou:

— Aqui é o país de Floriano Peixoto!

— Viva Floriano! — ouviram-se muitas vozes roucas.

— Mas não esqueçais também que aqui viveu Calabar.

Entre *morras!* e *abaixos!* apareceu correndo um garoto. Descalço, esfarrapado, trazia no peito, em diagonal, a tala de couro dos jornaleiros:

— E vem a polícia! — avisou.

Primeiro, como acontece nesses casos, houve um arrastar de pés. Depois, o pânico. Nisso, apareceu sob o estandarte azul e vermelho do Centro um homenzarrão moreno:

— Calma! Não atacarão. Depois da lição de hoje, pensarão duas vezes.

A cavalaria se havia postado nos dois extremos da rua, fechando-a. O povo tinha medo. Aquela manhã, brigara — era em campo aberto; encurralado, tremia.

— Não arredaremos um passo — continuou o homenzarrão moreno. — Em seguida ao que vou falar, a concentração se encerrará com a palavra do senador Silvestre Travassos.

As bestas escalavram o chão. Relincham. Um cavalo, descontrolado, avança. O povo corre. O soldado o reconduz à fila. O pânico, porém, fora desencadeado. Já os mais fracos tinham sido derrubados.

Aconteceu, então, uma coisa formidável. Um artesão — estava escrito nas suas mãos quadradas que era um artesão — chegou ao balcão e cantou:

Alonzanfan de la Patriiê
le jur de gluarre é tarrivê
contrenu de la tirranie
letandar sanglant elevêeee...

Analfabetos absolutos. Filhos e netos de escravos. Gente que não sabia um *a* de francês — começaram a cantar o hino que, há cem anos, Roger de Lisle compôs, vendo passar, para a guerra, os regimentos de Marselha.

Uma voz rolou sobre a multidão. Na sua calma, lembrava uma gaivota em fim de tarde voando sobre um mar azul.

— O governo afirma que o povo não quer se vacinar porque é ignorante. Mentira! Quem sabe aqui o que é a vacina? Você, Norimar? — e apontou o dedo para um tecelão maneta. — Você, Alerinda? — e olhou nos olhos uma vendedora de chapéus. — O governo trata o povo como se fosse gado: para que explicar alguma coisa ao gado?!

Uma vidraceira corpulenta interrompeu o orador:

— Abaixo a vacina obrigatória!

E logo voltou-se de frente para o povo:

— Abaixo! Abaixo! Abaixo! — responderam.

Os gritos iam-se chocar contra a fileira de soldados.

O orador, contudo, prosseguia. Apontou seis ou sete razões da rebelião popular:

— ...E ninguém compra. O comércio apresentou 53 falências nos dois últimos meses. Os moradores foram expulsos pelo Bota-Abaixo. Trezentos e cinqüenta demolições! E anuncia-se mais outro tanto. O proprietário tem a indenização, custa a receber mas recebe. E o inquilino? Vai para debaixo das marquises, como vira-latas. Para os morros, como cabritos!

Deixou passar um instante. E resumiu numa frase o que queria dizer:

— Nesta terra só o povo paga o progresso.

Uma garota chegou perto do orador. Disse-lhe qualquer coisa ao ouvido. A cara do sujeito se contraiu:

— A companheira aqui está informando que o senador Silvestre não pode vir. Está reunido no Centro Positivista Companheiros! Amanhã às 13 horas, em ponto, nos encontraremos no Rossio. Cada trabalhador assuma o compromisso, consigo mesmo, de levar duas, três, cinco companheiros. Antes de deixarmos, porém, este local, cada um se informe sobre sua tarefa com as comissões de rua. O povo do Rio de Janeiro a partir de hoje está em guerra.

O povo começou a retirar-se. A cavalaria já tinha ido embora. Quem podia saber o que aconteceria amanhã?

Órion e Betelgeuse brilhavam muito alto.

(Garanto que se você estivesse presente àquela reunião, sairia de lá com uma estrofe na cabeça:

Allons enfants de la Patriie...)

NININHA NÃO conseguia pegar no sono.

O vento gemia nas gretas do casarão e ela estremecia. Entronchada junto da irmã, ficava imaginando o Bota-Abaixo.

Ele tinha pernas? Tinha rosto? Tinha, ao menos, um corpo, que se pudesse furar, como os balões; cortar em pedacinhos, como as lagartixas?

Junto com a noite chegavam os seus medos. Ouvia-se uma orquestra de tosses naquele cortiço. Durante o dia ficava com pena dos velhos que tossiam, o rosto vermelho do esforço; mas, à noite odiava-os: com o seu catarro amarelo eram eles quem traziam ali pra cima o Bota-Abaixo.

Dormia cedo. E acordava sempre no meio da noite. Havia engolido um gato — seu rabo de veludo coçava-lhe a garganta, por dentro; suas unhas arranhavam-lhe as tripas. "É fome", dizia Maria Amélia, ao seu lado. "Você precisa aprender a comer pouco."

Sentiu que a irmã estava acordada:

— Perdeu o sono, Melinha?

— Perdi. E você, por que não dorme? É o gato, outra vez?

— Não. Esta noite, não. É... É... O Bota-Abaixo! Sonhei que eu virava tanajura, ele vinha e plim!, com um peteleco me jogava dentro da frigideira.

— Como era a cara dele? — perguntou Amélia, ajeitando-lhe o travesseiro.

— Não tinha. Só usava picareta. E estava coberto de pó.

— Nininha, o Bota-Abaixo é o apelido do prefeito — explicou a irmã mais velha, com toda paciência. — Ele vai ter de derrubar a nossa casa, como derrubou as outras. Você precisa aprender a comer pouco, e não brincar com fogo de noite, e... Você tem tanta coisa pra aprender!

— Quer me ensinar agora?

— Agora, não. Agora, durma. Durma, hem, durma.

As irmãs se abraçaram. Os velhos tossiram. Uma ratazana começou a subir a escadaria do 307.

GOSTARIA DE CONTAR imediatamente o que se passou no segundo dia de rebelião. Minha vontade de chegar aos acontecimentos finais é enorme.

Devo, entretanto, contar duas coisas que se passaram ainda aquela noite.

Manduca foi solto e encontrou-se com dois amigos: seu tio Marreta e Raul Perneira. Queriam convencê-lo a voltar ao açougue: esquecesse os bolos que lhe deu o cabo.

— Não posso esquecer — dizia Manduca, mostrando as palmas inchadas. — Vou matar o Ordoñez, juro.

Estavam parados sob um lampião.

— Tolice — falou o Marreta, pela centésima vez. — Você vai voltar e organizar a luta na Saúde. Lá é onde precisamos de mais gente.

— É isso, companheiro — reforçou Raul. — Precisamos de pelo menos quatro trincheiras na zona do porto. Guarde seu ódio para coisa melhor.

— Está certo — disse Manduca, de repente, arriando os braços. — Vocês me convenceram. Mas o Ordoñez é comigo, por esta luz que me alumia.

Raul ofereceu cigarros. Marreta passou o braço sobre o ombro do sobrinho:

— Vou te apresentar ao Beiço.

Raul chamou uma caleça. Pela janela ainda teve tempo de dizer:

— Sua namorada também, companheiro. Dê-lhe o que fazer. As mulheres entram nesta guerra, ouviu? O povo inteiro.

O mar espadanava de manso. Os tinhorões arfavam no jardim do Passeio.

Como uma aranha no escuro, a rebelião começava a se mover.

Vamos, agora, ao outro lado da cidade.

Um cabo e dois soldados guarnecem a delegacia do morro da Conceição. Seria quase meia-noite.

Lindinho da Conceição enfiou a cara pela porta. Falou:

— Viemos buscar as armas.

O cabo deu um pulo. Se tivesse aparecido o próprio presidente da República o susto não teria sido maior.

À sua frente, em carne e osso, estava o chefe da banda capoeira Guaiamuns!

Atrás dele, o Zezé, com seu riso de tolo.

O cabo ajeitou a farda, abotoando-se.

— Que... Que... Armas?

— Não viemos para bagatelas — cortou o Zezé. — É melhor entregarem logo e irem andando.

O Lindinho acordou os dois soldados com palmadas:

— Safa, sem-vergonhas!

O cabo conhecia de sobra aqueles dois, para não resistir. Zezé tinha sacado uma navalha do cós e brincava, agora, de amolar na beira da mesa.

Lindinho sentou-se na mesa:

— Safa, já disse.

— Eu sei que aqui tem duas *comblains* — garantiu o Zezé. — Queremos as duas, já, já, aqui nesta mesa. Despacha!

Os fuzis saíram dos armários. Os soldados estavam brancos.

— Deixe também as túnicas, cocô de cabrito.

— Uma pergunta só — conseguiu dizer o cabo. — Quem mandou vocês?

— Nós, da nossa própria cabeça — falou o Lindinho com orgulho. — Aliás... Viemos de combinação com a Liga Contra a Vacina Obrigatória.

— Conosco é nove e não tira farinha! — disse o Zezé.

Esta foi a primeira invasão de delegacia que se verificou naqueles incríveis dias de rebelião.

III

2º Dia de Rebelião

Esta história é muito mais comprida do que vocês vão ler. Eu a encurtei com um peso no coração.

Gostaria, por exemplo, de contar a vida de Ângela — com sua pele trigueira, como se dizia antigamente, e seus cabelos fulvos — e de Gonzalez, desde que se casaram numa aldeia seca da Estremadura e, na mesma noite de núpcias, decidiram emigrar para o Brasil (a aldeia chamava-se Medellin; e era tão seca que quando uma vara de porcos passava pela rua principal, a poeira que eles levantavam só baixava com duas semanas).

Falarei deles apenas neste segundo dia de rebelião.

Ângela já não amava Gonzalez. (Não me perguntem porquê.) Há quatro meses o homem não arranjava trabalho.

Diariamente ele lhe mostrava o jornal: sem um anúncio de emprego.

— Aqui está, *chica*. Com esta crise, nem você com a sua carinha de *angel* arrumava um emprego.

Ângela respondia com um muxoxo. Depois, saía, sacudindo a cabeleira amarela.

Esta manhã, porém, foi diferente.

Gonzalez ia começar como motorneiro da Light. Às 5h30 soou o despertador — mas nem precisava ter soado, que ele não pregara olho de tanta ansiedade. Ângela sorriu-lhe, depois de muitas semanas de mau humor.

Ela prometeu que estaria na janela quando o primeiro bonde dirigido por ele entrasse na Pouca-Vergonha.

Ao chegar na garagem do largo do Machado, o espanhol teve uma surpresa. O despachante disse-lhe, futucando o ouvido com um grampo:

— Os bondes não correm hoje, seu Gonzalez.

— Por que não correm? — perguntou ele, preocupado — Não vê que começo hoje?...

— Há uma sedição na cidade. Muitos motorneiros não deram nem as caras. Perdemos três bondes esta madrugada.

— *Una sedición?* — perguntava Gonzalez, feito bobo.

— Volte ao meio-dia.

Gonzalez ficou por ali, sem coragem de ir para casa. Que diria à *chica?*

Alguns minutos passados, o chefe-geral meteu a cara chupada na porta:

— Os bondes vão sair de qualquer jeito. Pegue os motorneiros que estão aí. Quantos vieram?

— Sete apenas, chefe — respondeu o despachante. — O Deolindo, o...

— Não quero saber os nomes. Dê partida nos sete. Ah, e quantos condutores?

— Nove.

— Ótimo. Ouviu a ordem?

Gonzalez acompanhava a conversa. Quando a cara do chefe sumiu, perguntou ao despachante:

— Por que não iam partir os bondes?

— Você vai ver — respondeu o despachante, voltando a futucar o ouvido. — Está pronto?

Moveram-se as engrenagens de ferro.

Gonzalez chegou sem problemas, desce-e-sobe, à travessa da Pouca-Vergonha. Ângela não estava na janela. Cansara, talvez...

Ao fazer a curva, no sopé do morro, tirou o chapéu para se refrescar. Aí, teve a segunda grande surpresa do dia.

Três marmanjos pularam para a cabine. De cacetes na mão:

— Que é isso, gente? — indagou Gonzalez, reconhecendo os assaltantes.

— Este bonde é do povo, amiguinho — falou o mulato.

— Larga, seu Gonzalez. Senão, o pau vai cantar — disse o branco forte.

Gonzalez tentou explicar a Manduca (pois era Manduca quem comandava o ataque) que aquele era o seu primeiro dia de trabalho:

— Escute, Manduca. Eu peguei você no colo...

— Ora, cale-se, fura-greves! — cortou o filho do açougueiro.

A essa altura, o terceiro assaltante já havia trepado ao teto do bonde. Desligara-o. Moleques, saídos não se sabe de onde, com ajuda dos marmanjos, começavam a virar o veículo.

Gonzalez ganhou, de quebra, um pontapé no traseiro.

— Cachorro, fura-greve! — gritavam vários homens ao mesmo tempo.

— Puxa-saco da Light!

— Mariquinhas! — xingou a filha de Rosemblim, quando o motorneiro e o condutor passaram correndo em frente à sua janela.

ÀS SETE EM PONTO a rua do Catete começou a acordar.

Abriram-se, com estrépito, as portas das quitandas.

Molecas começaram a passar, de um lado para o outro, com pães debaixo do sovaco.

O dr. Oswaldo Cruz entrou apressado no palácio. Largou a pasta sobre uma cadeira:

— Presidente, venho pedir a minha demissão.

— E pode-se saber o motivo? — perguntou o presidente, com a maior naturalidade.

— Não agüento mais, presidente.

— Espere, moço — falou Rodrigues Alves. — Venha até aqui.

Conduziu o diretor da Saúde Pública até a janela:

— O senhor já reparou que a cidade está sem bondes? A subversão não é contra o senhor, nem contra a vacina. É contra o Brasil.

O dr. Oswaldo Cruz parecia não ouvir. Lia-se a angústia no seu rosto:

— Meu motorista faltou hoje, presidente. Nunca aconteceu antes.

Rodrigues Alves tornou a sentar. Tinha visível carinho pelo médico, mas impacientava-se. Dirigiu-lhe a palavra como se falasse a uma criança:

— Pois então. O que querem esses agitadores é destruir o nosso sistema de vida. O senhor tem de se agüentar no seu posto. Que seria do Brasil se as autoridades desertassem na hora do perigo? Onde íamos parar? Responda o senhor mesmo.

Antes que o médico pudesse responder, o presidente perguntou ao secretário se não havia um carro disponível para levar o doutor. Carros havia, os choferes é que andavam atrasados. Se o doutor não se importasse de ir em caleça...

A CALEÇA que conduzia o dr. Oswaldo Cruz a Manguinhos, era guiada por um cocheiro velho mas alegre. Ia cantarolando a modinha de maior sucesso no último carnaval:

Sem igual no mundo inteiro, cidade maravilhosa,
salve o Rio de Janeiro...

Nos cruzamentos, ao virar-se, ele mostrava um rosto cansado e cheio de furos. Como um punhado de areia crivado de chuva.

— Ainda não é, meu filho — interrompeu o doutor.

— Hem? — fez o cocheiro, parando de cantar.

— O Rio ainda não é a cidade maravilhosa que você está cantando. Faltam muitas coisas...

A caleça transpôs os Arcos.

— Onde você mora, rapaz? — perguntou Oswaldo Cruz.

— Cidade Nova, doutor.

— Há quanto tempo tiveste varíola?

— Tem cinco anos, doutor — respondeu o cocheiro, de má vontade.

— Vacinou os parentes?

— Menos minha mulher, doutor.

— Muito bem, muito bem — elogiou Oswaldo Cruz. — Todo chefe de família devia proceder como você.

E, passado um instante:

— Por que menos sua mulher?

O cocheiro demorou também um instante para responder:

— Morreu de bubônica.

— Ah! — fez o médico, penalizado.

O chicote estugou as duas bestas.

Oswaldo Cruz insistiu em puxar conversa:

— Sabe quem eu sou?

— Sei, doutor — respondeu o outro.

— E assim mesmo aceitou me trazer?

— Sou empregado, doutor. Além disso, nada tenho contra o senhor.

— Onde estamos? — perguntou, então, Oswaldo Cruz, tentando se localizar.

— Na Mata-Cavalos, doutor.

— Quero, então, avisar-lhe uma coisa. Ali adiante eles estão me esperando. Vão me cuspir, xingar, jogar pedra. Não se importe, apenas se proteja.

O cocheiro quis perguntar quem eram "eles". Só por solidariedade, para dizer alguma coisa. Sabia muito bem quem eram.

— Como te chamas? — Oswaldo Cruz perguntou, de repente.

— Alma Viva, doutor.

— Alma Viva, acho você tão sério... — falou o médico limpando o chapéu.

— É, doutor. Sério por fora e por dentro.

Já estavam sendo vaiados, quando o diretor da Saúde Pública, recostando-se no assento, disse uma frase incompreensível:

— Os ratos, Alma Viva, nunca retornam aonde correram perigo.

As abas do fraque do cocheiro pareciam duas flâmulas, agitadas pelo vento.

DEVEMOS RECONHECER que a travessa da Pouca-Vergonha preparou-se para a luta.

Pelo lado do morro não havia perigo, pois Lindinho da Conceição fechou a delegacia.

Pelo lado de cá, sim, era preciso, de qualquer jeito, levantar uma barreira: sob o comando de Nero, no espaço de uma manhã, ergueu-se uma barricada formidável (para falar a verdade, a barricada da Pouca-Vergonha nunca chegou a ficar pronta: a cada hora alguém acrescentava, com permissão do seu comandante, um móvel velho, troncos de árvore, barricas e tonéis de querosene. O povo da nossa rua — com desonrosas exceções — perdeu-se de amores pela sua trincheira. Tratou-a como se fosse um rancho de carnaval. Ângela, por exemplo, que nunca mais tivera notícia de Gonzalez, trazia flores diariamente e encarapitou, lá em cima, um São Sebastião de três palmos).

A estrutura da nossa barricada era um bonde virado, 12 carroças da limpeza urbana — sem os burros, naturalmente — e alguns combustores de gás. Ah! E uma bandeira vermelha erguida lá bem alto, tremulando à brisa que vinha de Niterói.

A "hospedaria dos burros" virou quartel-general.

Na primeira reunião que ali fizemos (as carroças estavam na barricada, os burros, a um canto do pátio espiando comprido), Nero distribuiu as funções:

— Manduca será o comandante. Lindinho, o capitão. Zezé, o tenente. E, Beiço de Prata, o subcomandante.

Beiço, que não largava a corneta, estranhou.

— Subcomandante e corneteiro-mor — corrigiu, logo, o ferreiro.

— E você? — perguntaram todos.

— Eu serei o comissário do povo na Saúde. Estão satisfeitos?

Ninguém ouvira falar jamais naquele posto: comissário do povo.

— Qual a nossa missão, general-comissário? — indagou o Beiço, solene.

— Bem... — ia explicar Nero, quando Gracinha apareceu na janela. Era miúda e escura. Fez menção de voltar.

— Entre, meu amor — animou o marido. — Não temos segredos para ninguém. Cada manhã teremos uma missão diferente. Só duas coisas temos de fazer o tempo todo, até a morte: manter a Saúde em poder do povo; e ajudar os outros comitês de rua.

— Só isso? — perguntou o Beiço, enxugando a saliva que teimava em escorrer-lhe pelo queixo.

— Já é muito — continuou Nero. — Lindinho, além disso, deve manter a disciplina entre o seu pessoal.

— Conosco é nove e não tira farinha! — respondeu o chefe capoeira.

— Agora — concluiu o chefe — vamos passar em revista, um por um, os moradores com quem podemos contar.

O CORONEL SILVA PIRAGIBE jurou por todos os santos que não haveria o comício daquela tarde:

— Estamos aqui para manter a ordem, capitão Atlas. E a manteremos!

Logo de manhã cedo mandou a cavalaria fechar o Rossio; e bloquear as ruas de acesso:

— Não passa nem mosquito ensebado, capitão Atlas.

A praça retangular, repleta de fardas, dava a impressão de que se ia executar alguém. (A última execução ali, fora a do Tiradentes, 112 anos antes.) A polícia cumpria honradamente o seu papel.

Os comerciantes é que não gostaram. Se ninguém passava, ninguém comprava.

O povo, já com os nervos à flor da pele, recusou-se a compreender aquela medida salutar.

— A ordem será mantida, capitão Atlas — repetia Silva Piragibe, andando de um lado para o outro. — O senhor recebe para quê?

Por volta das 9h, os soldados interceptaram mais um bonde que vinha pela Avenida Passos:

— Para o Rossio não passa.

Os passageiros foram descendo, aos resmungos.

O motorneiro não se conformava. Repuxou a barba e falou alto:

— Desaforo!

Um soldado trepou no estribo:

— Repete, cachorro. O que que é desaforo?

— Desaforo é isso que vocês estão fazendo — confirmou o outro.

O soldado derrubou-o com um pescoção:

— Desaforo é isto! Toma.

— Fiuuuuuuuu! Cafajeste!

— Covarde!

— Assassino!

— Covarde! Covarde!

Os protestos partiam de toda parte. Um outro soldado fez menção de atacar os manifestantes. Desistiu — era muita gente. Correu à praça para buscar reforços.

Com pouco, um vendedor de bilhetes, maneta e vesgo, pulou para a cabine do veículo. Tomou a chave largada pelo motorneiro e, com um golpe furioso, espatifou o relógio.

— Quebra que é da Light!

Homens e mulheres viravam bancos. Arrancavam reclames. Furavam as cortinas grossas de lona. Estilhaçavam os faróis.

Dois rapazes tentavam vergar para cima a comprida tábua do estribo. Ela foi fazendo praaaaaaaaaaaque! O povo explodira, de novo, como estes sacos de papel que as crianças esmurram contra a parede.

— Quebra que é da Light!

— Arrasa! Estrepa!

— Queima! Queima!

Um hominho calvo abriu a porta do seu armarinho. Num minuto reapareceu com uma lata de querosene. Fazia tudo calmamente. Entregou-a a uns garotos, que já estavam no teto do bonde.

— Esperem! — berrou. — Tem que desligar o cabo.

— O cabo! O cabo! — repetiu uma colegial uniformizada.

Um preto descalço fez o que mandavam.

Fósforos. O povo se afastou. O bonde ardeu.

ESTA HISTÓRIA foi tecida com os fios do amor e da coragem. Mas, também, com os da coincidência e do mistério.

Os calceteiros que trabalhavam na avenida Central seriam vacinados precisamente àquela manhã. Ordens superiores:

— Quem tiver medo — avisou logo cedo o capataz — vá baixar noutro terreiro. Só trabalha para o governo operário vacinado.

Justamente na hora em que ardeu aquele bonde na avenida Passos, explodiram os trabalhadores.

As caixas das vacinas foram atiradas num tonel de piche. Os vacinadores esconderam-se atrás do capataz. O engenheiro correu para chamar a polícia.

Os amotinados agruparam-se a um canto. O medo e a raiva confundiam-se nos seus olhares vermelhos. Nisso chegou a notícia do incêndio do bonde que ia para o Rossio.

Foi como um sinal.

Eles próprios haviam erguido os andaimes: derrubaram-nos. Eles próprios haviam encaixado as pedras de fogo: arrancaram-nas. Tinha cozinhado, junto com o suor, o piche cor da noite: derramaram-no.

— Vamos ao Rossio, companheiros! — berrou o Hermógenes.

— O povo está em guerra! — confirmou o Branca de Neve.

ANTES DE PROSSEGUIR, gostaria de prestar uma homenagem a uma personagem desta história. Chamava-se Silva Piragibe e era o chefe de Polícia do Rio de Janeiro.

O povo inteiro deu mostras de coragem e abnegação, mas como ele ninguém. Em nenhum momento, daqueles terríveis quatro dias, pensou em renunciar à sua missão: manter a ordem e punir os agitadores.

Cometeu alguns pequenos erros, é verdade — mas até Napoleão, Alexandre e Frederico os cometeram.

Por exemplo: mandou fechar, com cavalaria, os largos do Rossio e de São Francisco. Não podendo juntar-se nesses locais, o povo, em grupos exaltados, começou a perambular. Sua raiva voltou-se, então, contra tudo o que fosse quebrável, desmontável, combustível ou, simplesmente, apedrejável.

Os próprios calceteiros da nova avenida (Rodrigues Alves queria que ela fosse o cartão de visitas da Cidade Maravilhosa) convidavam o povo a derrubar os andaimes, a arrancar o calçamento.

Meninos esfarrapados começaram a baixar do morro do Castelo. Os lampiões a gás jaziam em mil pedaços pelo chão. As esquinas pareciam breu. Na sua avidez de quebrar, romper, incendiar, pareciam diabos, encobertos pelas sombras. Havia crimes mas não havia criminosos, não sei se me faço entender.

Muita gente espancada no dia anterior ansiava por se desforrar. Os comerciantes desceram suas portas, com medo do saque.

Gozado: por onde andava a polícia?

Já ao meio-dia os agentes da Lei estavam esgotados. Sentiam-se como se tivessem trabalhado desde a origem do mundo. A proporção era de um polícia para 20 amotinados. (Aliás, seria esta a palavra correta, "amotinados"? Aqui, também, não sei a resposta.) Os exus pareciam soltos na cidade azul de Obaluaiê — assim os velhos africanos chamavam a nossa cidade.

Os pés dos soldados pareciam de chumbo. Então caíram na indiferença. Viam quebrar e nada diziam. Assistiam queimar e viravam as costas.

Os cavalarianos debruçavam-se sobre os arções das selas. Se um superior chamava-lhes a atenção, respondiam de maus modos:

— Ora, a ordem. Funique-se a ordem.

TUDO ISTO ACONTECEU meio de surpresa.

Só talvez as ciganas, que consultavam o destino (como Closete, onde andaria?), podiam ter previsto aquilo.

Os oficiais da polícia tinham até marcado uma competição de natação para aquela tarde — competição tradicional, que se realizava todo ano, com sol ou chuva. Nadariam do morro da Viúva até a Urca — prova mais de resistência que de coragem, pois suave e azul é a enseada de Botafogo.

Os termômetros assinalavam 33°. O coronel Silva Piragibe estava assinando papéis, cansado, muito cansado, de toda aquela correria.

Chegou à janela, aspirou uma tonelada de ar e falou:

— Capitão Atlas!

— Pronto, coronel — respondeu o outro.

— O senhor desmarcou a *corrida?*

— Evidentemente, coronel. Com esta subversão...

— O senhor é um idiota, capitão — disse Silva Piragibe. — Avise os rapazes que se enganou. Haverá a *corrida*.

O capitão Atlas não sabia o que dizer. Por via das dúvidas saiu para cumprir a ordem.

Silva Piragibe esfregou as mãos:

— Por Santo Eustáquio! A taça será do papai este ano...

Daí a uma hora, estavam os nadadores empertigados na amurada do Flamengo, à espera de um tiro de pistola. Atiraram-se. A calva de Silva Piragibe ainda brilhou um instante, antes das primeiras braçadas.

POR VOLTA DAS QUATRO DA TARDE aconteceu o pior.

Os depredadores, vindos não se sabe de onde, começaram a se juntar no Passeio Público. As confeitarias desceram rapidamente suas portas, enquanto a sua seleta freguesia disputava, em pânico, os tílburis e as caleças.

Um maremoto parecia se aproximar. E como os maremotos, traziam pavor e fúria na sua crista.

O operário que na véspera puxara a *Marselhesa,* na sede do Centro, subiu a um banco do jardim:

— Organizemo-nos. Os que vão na frente dêem os braços. As mulheres no centro. Falo em nome da Liga Contra a Vacina.

E, como o tumulto ameaçasse sufocar-lhe a voz, insistiu muitas vezes nesta frase:

— Falo em nome da Liga, companheiros! Falo em nome da Liga! Ouçam: só organizados chegaremos ao Catete.

Com algum sacrifício, e muito desperdício de saliva, a massa humana se transformou numa serpente. Colorida e barulhenta serpente.

Uns tipos desenrolaram faixas.

— Ao Catete!

Um operário, que trajava macacão, pôs-se à frente da passeata. Ao seu lado caminhava o deputado Lima Sobrinho, sempre bem-vestido.

— Abaixo a vacina! O povo está em guerra! — iam gritando.

Com este refrão, lá se foram em direção ao largo da Lapa.

Uma faixa comprida, bem-escrita, abria alas:

QUEREMOS PÃO, VACINA NÃO.

Os dois sujeitos que a carregavam eram um alto e o outro baixo, de forma que — devo confessar — muitos começaram a rir. Os mais entusiasmados convidavam, com largos acenos de mão, os espectadores a aderir.

No largo da Lapa torceram à esquerda.

Houve, então, o primeiro incidente.

Várias pedras caíram sobre a passeata. Partiam, talvez, da ladeira que desembocava junto à Biblioteca: vários homens correram até lá e trouxeram, agarrado pelo pescoço e cinzento de medo, um pretinho de seus 12 anos. Antes que os mais calmos pudessem evitar ganhou diversos safanões.

— É um pobre-coitado — berrou Lima Sobrinho. — Larguem-no. Nosso inimigo não é preto, nem está descalço.

A multidão aplaudiu a tirada oportuna do deputado. O moleque foi posto à frente de todos. E lá seguiu, com seus cambitos e sua vozinha esganiçada:

— Abaixo a vacina! O povo está em guerra!

Na Glória, um piquete de cavalaria esperava-os.

Pararam.

Lima Sobrinho adiantou-se. O sargento, que comandava os milicianos, adiantou-se, também. Tinha o rosto furado de bexiga e apertava a cruzeta da espada com a mão direita, em atitude de quem vai sacar. As ordens eram para não passar ninguém.

O deputado respondeu-lhe, ríspido, que passariam.

— O senhor está fazendo pouco da minha tropa, deputado — disse ele.

— E o senhor está fazendo pouco do povo — respondeu Lima Sobrinho.

— Tenho ordens para atirar.

— Seria um crime. O senhor é pago pelo povo, não pelo Rodrigues Alves.

— Dou 15 minutos para dispersar — concluiu o sargento.

— Está falando como um centurião — disse o deputado, olhando-o nos olhos. — Mas não forçaremos passagem. Volte já ao seu quartel e diga aos seus superiores que o povo passará.

O sargento aceitou a proposta. O povo e a tropa esperaram.

— Soldados! — começou a arengar o deputado, depois que lhe conseguiram um barril para subir. — Deveis ficar do nosso lado. Aqui estão vossos irmãos e amigos...

Retornou o sargento:

— Deputado, não adianta. Ninguém passará deste ponto.

(Para ser verdadeiro, o sargento não chegou a falar com seus superiores. No caminho, lembrou-se que eles nadavam para a Urca. Teria de decidir só.)

Lima Sobrinho não respondeu. Foi o primeiro a transpor a barreira dos cavalos. Os militares desembainharam os chanfos. Não passavam, porém, de 20 ou 30 contra milhares. Só depois, por trás, é que resolveram atacar.

Quebraram-se algumas cabeças. Uma parte dos cavalos desabalou. O ferido mais grave acabou sendo o praça Arides, recém-incorporado, que perdeu duas costelas (os colegas falavam, depois do incidente, na sua pouca experiência).

Hoje, tanto tempo passado, tenho certeza de que só a muito custo a serpente humana seria detida aquela tarde.

— XEQUE!

Walter L. Cawsert sublinhou o grito de vitória com um murro na mesa.

Tudo naquele norte-americano era enorme. O punho, quando esmurrava as mesinhas do Iate Clube, parecia uma marreta.

— Xeque!

Jogava com outro norte-americano. Só que este era o oposto de mr. Cawsert — era pequenino e ossudo. Chamava-se Raticlif Dan e era correspondente de um dos maiores jornais do seu país.

(Outra personagem cuja história gostaria de contar inteira: mr. Walter L. Cawsert, gerente da Light. Penso, às vezes, que se deixássemos um camarão curtindo uma semana numa garrafa de rum, sairia algo parecido com ele. O impressionante, porém, não era seu aspecto físico. Era sua inteligência. A capacidade de simplificar tudo, transformando as questões mais complexas em uma única fórmula. Mr. Cawsert, por sinal, não era norte-americano; era canadense.)

O jornalista fez-lhe uma pergunta:

— Soube que o povo está destruindo os bondes. Por quê?

— É simples — respondeu mr. Cawsert e, logo, supondo que o gringo quisesse alguma coisa, correram os garçons. — É muito simples. O governo permite a baderna. Nós, estrangeiros, é que pagamos o pato.

— Não entendo — interrompeu Raticlif Dan — como se pode brigar contra uma vacina.

— A vacina é puro pretexto — concluiu mr. Walter.

Este poder de síntese é que o jornalista admirava no outro.

— Os baderneiros — prosseguiu o gerente da Light — armaram barricadas em vários pontos da cidade. A polícia permite. Não me pergunte porquê, embora só possa ser por fraqueza.

Vendo falar o seu patrício — ou quase patrício — Raticlif Dan compreendia, imediatamente, por que a América do Norte era a região mais adiantada do mundo. Só a América produzia homens assim.

— Proponho-lhe um programa diferente — falou, de súbito animado, o gerente da Light. — Vamos destruir algumas barricadas. Será como uma caçada, rapaz!

Uma lancha se aproximava do pequeno cais do Iate.

Quis o destino — ou algo que o valha — que nela viessem os nadadores da milícia.

Alguns dependuravam-se, arriscadamente, no estribo da embarcação, cansados do esforço, respirando com dificuldade.

O primeiro a saltar em terra era careca e empunhava uma taça.

Mr. Cawsert pegou Raticlif Dan pela mão, como se o outro fosse um menino:

— A providência mandou-nos justamente o chefe de polícia. Veja: aquele ali é o Silva Piragibe.

Não será preciso dizer que Silva Piragibe fora o vencedor da competição. Estava tão alegre que não colocou nenhum obstáculo à proposta do gerente da Light: participar, junto com os soldados, da derrubada de algumas barricadas.

Estranhos, muito estranhos, são, por vezes, os caminhos do amor e da guerra.

NO ACAMPAMENTO REBELDE da Pouca-Vergonha alguém cismava:

— Por que Nero me escolheu para comandante?

"Soldados" dormiam sobre as mesas — soldados entre aspas porque, afinal, soldados de verdade eram os que defendiam a Ordem. Alguns estavam armados de comblains, outros de garrucha ou espingardas de matar passarinho, a maioria de varapaus.

Acocorados, meia dúzia de capoeiras guaiamuns disputavam uma partida de ronda; ouvia-se, a espaços, o cicio das apostas. Nero estava fora. Beiço de Prata na vigilância.

Manduca cismava:

"Acho que Nero me escolheu porque os rapazes do bairro me obedecem. Os navais da hospedaria Samaritana. O Lindinho, meu amigo inseparável das patuscadas em noite de sábado. O Galeguinho da Saúde, o mais valente capoeira desta cidade, e de quantas houver no mundo."

Manduca sabia que um comandante tem de ser amado. "Mas seria mesmo por isso?"

Manduca levantou-se para acender o lampião. Um dos homens de Lindinho levantou-se primeiro.

Nesse instante chegou a velha Jovina, engomadeira que morava na ponta da rua:

— Dá licença? Trouxe aqui uns bolinhos.

— Pra mim, nhá Jovina? Não precisava se preocupar.

— Pra você, nhonhô. Então um general não merece?

Sob um guardanapo muito branco, Jovina trouxera mães-bentas, acabadas de assar.

— Como sabe que eu adoro mãe-benta, nhãsinha? — perguntou Manduca.

A preta velha sorriu, mostrando as gengivas:

— Peguei você no colo, Manduca. Quantos anos você completa este ano?

— Dezessete — respondeu o garoto, depois de liquidar o primeiro bolo.

— Tão novo e tão valente! Vosmicê não está com medo?

Reparando a tolice que disse, nhá Jovina desculpou-se:

— Preta velha não sabe o que diz. Só sabe engomar e fazer bolo.

Manduca retirou um charuto do bolso da túnica:

— É só o que tenho para lhe dar, mãezinha. Fume.

Nhá Jovina encostou-se à parede da sala. Do outro lado do pátio os burros olhavam sem ver.

Manduca voltou a cismar:

"Se fosse pela coragem que eu demonstrei na tomada do bonde... Acho que eu merecia. Dei ordens, não amoleci diante da cara de choro do Gonzalez... Fui obedecido. Provei que podia ser o chefe."

"E se Nero o escolheu apenas por ser o sobrinho do Marreta?"

Não estaria errado isso, pois Manduca sentia dentro de si a força e a decisão do tio.

Manduca não sabia nem um milésimo das coisas que Marreta sabia. Não vivera sequer a metade do que o outro vivera. Era, porém, como se não precisasse saber e viver. O "velho" — era assim que chamavam o tio Marreta — fizera tudo por ele, por muitos outros jovens iguais a ele, espalhados pelos bairros sujos e pobres de todas as cidades do mundo. Estava correto ser comandante apenas porque era seu sobrinho?

Estava. Manduca tinha apenas de provar, com seu coração e seus músculos, que recolhera a herança deixada pelo tio. Sentiu isso, claramente, no começo da segunda noite de rebelião.

Também viu que se submetera a uma hierarquia.

Ela começava em algum ponto, lá em cima. Este ponto era desconhecido para quem estava cá embaixo, mas existia. Acima dele estava Nero, acima de Nero estava tio Marreta, acima de tio Marreta... Bem, estavam outros sujeitos, mais entendidos e valorosos do que eles. Alguém lá de cima havia dito: "O sobrinho do Marreta... Vamos testá-lo como comandante do povo, na Saúde."

Manduca, se quisesse, não cumpriria ordem alguma. Não se meteria naquilo. Tinha, porém, uma razão para odiar o governo: fora preso e apanhara como um animal.

Nhá Jovina fumou metade do charuto. Apagado, colocou-o sobre a mesa:

— Chega.

— Não. Fume todo — disse Manduca. — É seu.

— Não, nhonhô. Vai lhe fazer falta.

De repente soou a corneta do Beiço de Prata.

A NATAÇÃO FEZ bem a Silva Piragibe. Agora, sentia-se lépido e fresco.

Trovejou para mr. Walter L. Cawsert, que cavalgava ao seu lado:

— É serviço para meia hora. Ao ouvirem os primeiros tiros, pernas-pra-que-te-quero.

— Será uma pena — berrou, também, o norte-americano. — Vim para me divertir.

Entravam na Saúde pela rua mais ampla, a rua Camerino. (Passado tanto tempo faço questão de precisar estes detalhes para que não se pense que inventei coisas. Conto a história como a história foi.) Estava escuro como nas noites de Medellín — a terra de Gonzalez e da bela Ângela.

O valoroso capitão Atlas emparelhou com Silva Piragibe:

— Quero lhe falar a sós, coronel — falou baixinho.

Os dois diminuíram o passo das suas montarias.

— É meu dever — começou a falar o capitão — ...é meu dever avisar ao senhor que a trincheira da Pouca-Vergonha está muito bem fortificada. De tarde, enquanto o senhor se divertia... Isto é, enquanto o senhor competia, quero dizer... Mandei investigar. Os boatos eram muitos.

O coronel Piragibe interrompeu o auxiliar:

— Fale de uma vez, homem. Boatos não interessam.

— A verdade, coronel, é que aquilo foi trabalho de especialista.

— Trabalho de especialista ou de curioso, rapaz, com meia dúzia de tiros acaba-se a festa!

O capitão insistiu:

— Acho que não me expliquei direito, coronel...

— Então se explique, homessa! — disse Piragibe como quem encerra a conversa.

— Não podemos atacar de frente.

— Está certo, Atlas — disse o superior. — O seu dever é avisar. O meu é comandar.

Mr. Cawsert, que se sentira excluído da conversa, atrasara-se, também. Montava um baio estupendo.

— Que estão falando? — berrou no seu jeitão estouvado. — Isto vai ser um pândega, ha, ha, ha.

— Se vai! Se vai! — concordou Piragibe.

E, virando-se para Atlas:

— Tranqüilize-se, capitão. Com cinco peidos acabou a festa. A po...

Não acabou de falar.

Uma pedrada certeira carimbou-lhe a patrona.

Choviam pedras de fogo, pequenas, grandes, médias, pontiagudas, redondas — de todo feitio e tamanho — sobre o brioso piquete.

— Fogo! — gritou o comandante.

Atlas tinha a face esquerda sangrando. E comandava, feito um louco:

— Invadam as casas! Tragam esses patifes com vida!

Mr. Cawsert e o chefe de polícia protegeram-se por trás das montarias.

— Pegaram-nos de surpresa, Piragibe. Isso não é briga de homem.

— Acabaremos com eles a chicote — garantiu o comandante, aos berros, embora estivesse a um palmo do norte-americano.

Atlas, em pessoa, havia subido a uma das casas. Tinha pressa em agarrar um daqueles moleques.

Desviadas as suas atenções para os sobrados, os soldados nem viram a banda guaiamuns cercá-los.

Um filme — se fosse filmado o que se passou naqueles 10 ou 15 minutos — mostraria pernas que pareciam foices; brilhos escarlates de navalhas no ar; corpos abatidos como sacos vazios; capoeiras rápidos como bailarinos. O bailado formidável da morte!

— Livra, desaforado!

— Toma, panaca, corno, camorra!

E o grito de guerra guaiamum:

— Comigo é nove e não tira farinha!

As janelas foram-se abrindo. Claridades pálidas iluminaram a rua. O sarrabulho tirava gente da cama — ou de qualquer outro lugar em que estivesse metida.

Tudo era como um girar alucinado de 300 piões.

O ilustre piquete só pensava em escapar do cerco.

Mr. Cawsert distribuíra muitos socos, mas fora rasteirado tantas vezes que só pensava em chegar à ponta da rua... ou em Montreal.

Atlas, descendo apressado de uma casa, hesitou um instante: entrava ou não no rolo? Bastou um olhar de Piragibe, de relance entre dois tombos, para assumir o seu posto.

Atirar, não podia, tão agarrados estavam os inimigos. Sacou a espada e deu um passo à frente: perdeu-a e, até hoje, não saberia dizer onde se encontra.

Catando cavaco, Silva Piragibe comandou retirada:

— Para trás! — berrou.

— O que disse? — indagou Atlas.

— Para trás!

— O quê?

— Em tempo de murici cada qual cuide de si! — gritou o comandante, já sem paciência. Aí, o outro entendeu.

O baio de mr. Cawsert não teve a sorte do dono.

TRANSPORTEMO-NOS, agora, para a sala de despachos do palácio do Catete.

O grande relógio octogonal deu as 22 horas.

O mordomo foi acordar o presidente, enquanto o ministro da Justiça e o chefe de polícia ficaram conversando:

— É por isso que o Brasil não vai pra frente. O brasileiro é o maior inimigo do seu próprio país.

— Na Europa e nos Estados Unidos — concordou Silva Piragibe — tais distúrbios são simplesmente inconcebíveis.

Piragibe não tivera tempo de trocar de roupa. Uma placa de sangue endurecia-lhe a manga direita.

Quando o presidente entrou, eles se levantaram. Rodrigues Alves estava de pantufas, mas enfiara calça e paletó sobre o pijama.

— Fale, coronel. Relate tintim por tintim o que houve.

Silva Piragibe cruzou os braços — e a grossa placa de sangue ficou à mostra. Fantasiou um pouco. (Não porque fosse dado a exageros, mas ainda sentia o sangue ferver.) Contou que os rebeldes atacaram de comblains e alcanzias; que eram mais de cem; que tivera apenas cinco feridos leves; e, enfim, que recuara para poupar vidas preciosas.

Rodrigues Alves impacientou-se:

— Basta. Diga-me o que pretende fazer agora. Se o presidente da República tiver de se mexer cada vez que a polícia sofre uma derrota, onde vamos parar?

E, passado um instante:

— Quero saber que medidas o senhor vai tomar.

Foi a hora de o ministro intervir:

— Presidente: o senhor fechado aqui no palácio talvez não sinta a gravidade da situação.

— O senhor sugere que a situação é grave? — indagou o presidente.

— Os baderneiros e anarquistas tomaram conta da cidade — continuou o ministro. — A polícia, infelizmente, já não pode dar conta do recado.

— E daí? — disse o presidente, sem se convencer.

— Decretemos o estado de sítio, presidente. Ou caímos.

As palavras do ministro ecoaram sinistramente na sala enorme.

— E convoquemos as forças armadas para esmagar a sublevação. Sim, trata-se de uma sublevação. Sub-leva-ção! — repetiu o ministro, escandindo bem as sílabas.

Silva Piragibe sentiu-se encorajado e falou:

— Meu plano é descer pela Mortona, com a cobertura dos vasos de guerra. Pela frente, o inimigo leva vantagem.

Ao dizer "inimigo", o valoroso coronel fitou orgulhoso a sua placa de sangue.

— O estado de sítio sairá amanhã, doutor — respondeu Rodrigues Alves. — Quanto ao plano do sr. chefe de polícia, acho-o excelente. Não conheço a Saúde, mas isto de atacar pelo morro... É ótimo: a lei da gravidade ficará a nosso favor.

Ninguém riu, por não saber se era piada.

— Vocês estão pintando o diabo muito preto — continuou o presidente do Brasil. — Como está a situação no resto da cidade?

— Os bondes de Santa Teresa pararam esta tarde — informou o ministro. — Eram os únicos a circular, ainda. Alguns moradores vinham montando guarda voluntária. Não se sabe como, agora os trilhos estão cheios de sabão.

— Uma viatura chocou-se contra a grade dos Arcos — completou o coronel. — O motorneiro morreu. Só se anda a pé.

— Os andaimes do teatro pegaram fogo. Estão presos os incendiários — voltou a informar o ministro.

— Quem são? — interessou-se Rodrigues Alves. Para ele o teatro era mais importante até que a avenida Central. — Tragam-nos aqui amanhã.

Silva Piragibe estranhou o pedido:

— Já confessaram serem anarquistas, presidente.

— Melhor ainda. Quero vê-los.

— Contamos 18 barricadas em toda a cidade — continuou o ministro a enumerar as calamidades. — Os mosaicos e cerâmicas do teatro foram roubados. O que sobrou são cacos.

— Bárbaros! — irritou-se pela primeira vez o presidente. — Destroem o que não entendem.

MR. WALTER L. CAWSERT conversava com a mulher.

Uma conversa pesada e difícil:

— Quantos você matou, Caw?

— Acertei três, Sandrina. No escuro, como estava, não posso garantir. O pior...

— Você já contou — disse a mulher. — Morreu o "Solano Lopez".

— Navalha. E estou certo de que o golpe era para o Piragibe... Vamos esquecer. Cavalos há muitos. E o Raticlif?

Mr. Cawsert estava retirando as polainas.

— Está por aí — informou a mulher. — Levei-o à casa do dr. Oswaldo Cruz.

E, já deitada:

— Sabe de uma coisa? Tentaram matá-lo.

— Ha, ha, ha. O pobre do Raticlif... assassinado no Rio de Janeiro...

— O Raticlif não, Caw — disse a mulher, virando-se no leito. — O Oswaldo Cruz.

(Permitam-me passar por alto este triste episódio. O que Sandrina e Raticlif Dan presenciaram merece ser esquecido. A malta cercando a casa do cientista. As crianças e a esposa sendo retirados, às pressas, pelos fundos. A destruição, a cacete, do Packard que o médico trouxera da Europa. Pretinhos esfarrapados urinando nos almofadões da varanda, metendo as unhas em quadros valiosos... Certas coisas merecem dormir o sono eterno.)

O QUE SE PASSAVA, enquanto isso, na Pouca-Vergonha?

Três guaiamuns haviam morrido.

— Esta última noite passam conosco — ordenou Manduca.

Eram os três jovens e pretos.

Apenas um não era agradável de se ver: tinha um lanho enorme, do ouvido até o ombro, seco e cheio de terra. Os outros dois tinham morrido de bala e, agora, à luz da fogueira, suas caras de menino voltavam-se para o céu.

Os capoeiras guaiamuns nasciam, geralmente, sobre a esteira, numa casa de cômodos. Sabiam prender a navalha nos dedos dos pés — por isso, e por pobreza, é que andavam sempre descalços.

Os companheiros saíram à procura de uns sapatos velhos:

— Não vão se enterrar descalços — garantia o Lindinho da Conceição. — Ah, isso é que não.

Lobão tinha em casa uns pés desencontrados. Cedeu. Mandou levarem também algumas garrafas de Parati. A generosidade instalara-se, repentinamente, naquele coração de comerciante.

Rosemblim aproximou-se dos mortos:

— Todo pobre devia terminar assim — falou.

Ninguém, por mais que tentasse, conseguiria decifrar aquela sentença.

Gracinha, Jovina, a Samaritana, o aleijado — pai de Manduca —, o acendedor de lampiões, Closete, o próprio Lobão, as meninas do 12 — sempre arrumadinhas e cheirando a alfazema — sentaram-se todos em volta dos guaiamuns caídos na guerra.

Ah! Esquecia de Maria Amélia e Nininha, as duas irmãs. Desde o começo da luta elas tinham vindo morar em casa de Nero. Andavam pegadas o tempo todo com a mulher do ferreiro, a quem tratavam de "mãezinha". Vendo-as quase da mesma altura, as três, Manduca desejava que sua namorada fosse tão valente quanto Gracinha. Talvez porque ele próprio desejasse ser tão valente quanto Nero.

Apareceram dois violões.

Nunca se compusera música especial para enterro de guaiamum. O que os violões tocavam eram velhas cantigas, velhas de anos incontáveis. Lamentos de escravos torturados, iorubás mortos que não encontravam o caminho do céu.

De vez em quando alguém reclamava:

— Xi, gente! Mas que tristeza. Vamos cantar uma coisa alegre.

Rolava, então, sobre a cara dos mortos, um terrível batuque.

Rosemblim foi em casa buscar o pistão.

Ajoelhou-se, ladeado pelos dois violões. E comandou:

— Acompanhamento de rancho.

De que parte do coração Rosemblim extraía aquelas notas tão sentidas? Não sei. Não sei mesmo que misterioso papel ele desempenha no fundo desta história de amor e morte.

IV

3º Dia de Rebelião

Quando o sol da manhã doirou as torres da Candelária, o intimorato chefe de polícia já tomara providências.

Providências é o modo de dizer. Ele apenas decidira que atacaria, de tarde, as barricadas rebeldes. Pela manhã, os seus comandados — poucos e cansados — apenas acompanhariam os bondes e guarneceriam os prédios públicos. Já era muito.

— Estas tarefas — explicou ele, ao capitão Atlas — não são pequenas. O que não podemos é brincar de cabra-cega com os arruaceiros.

O tenente Evêncio, cujo pai morava na pensão da Samaritana, fez uma proposta:

— Posso entrar na Pouca-Vergonha. Brinquei muito com o Manduca, de chicotinho-queimado. Apareço lá e digo que estou do lado deles. Convenço-os a desarmar aquele troço.

Silva Piragibe não concordou:

— O senhor se quiser que vá. As ordens do governo são para derrubar à força. E eu, tenho cá os meus planos.

Quando Silva Piragibe dizia "tenho cá os meus planos", o jeito era calar.

— Capitão Atlas. Vá à 2ª delegacia e me traga os incendiários do Municipal.

— Vai interrogá-los de novo, coronel? — perguntou o capitão.

— Homessa! Que tanta pergunta, homem de Deus. Vá, vá.

Daí a duas horas estava entrando com os dois incendiários no saguão do Catete. Um mau presságio acelerou o pulso de Silva Piragibe.

No caminho dissera-lhes o que iam fazer. Que respeitassem o presidente; que tivessem maneiras; que respondessem a todas as perguntas.

Um era carvoeiro; o outro, chofer.

O presidente recebeu-os polidamente. Nunca faltaria à educação com quem quer que fosse:

— Sentem-se. Fiquem à vontade, por favor.

Os presos não cumprimentaram. Não sentaram.

O carvoeiro olhava acintosamente, através das janelas, a copa das árvores. O presidente se dirigiu ao outro:

— Então, como se chama o senhor?

— Kalil Kopeck.

— Em que e onde o senhor trabalha?

— De chofer particular.

— O senhor não é brasileiro, pois não, sr. Kopeck?

— Sou naturalizado. Dá no mesmo. Os trabalhadores não têm pátria.

A pálpebra esquerda de Rodrigues Alves tremeu.

Começava mal aquele diálogo. Mesmo assim Rodrigues Alves insistiu:

— O senhor é acusado, mais o seu companheiro aí, de incendiar o Municipal. O senhor sabe o que é a cultura?

Kopeck não respondeu a esta pergunta. Começava, também, a se interessar pelo dia lá fora.

— Não vou lhe ensinar coisas elementares — prosseguiu o presidente. — O senhor já as terá aprendido no seu país. Julgo que é a Polônia...

Silva Piragibe resolveu intrometer-se. Esclareceu:

— Os brasileiros desta laia são pouquíssimos, Excelência. Felizmente.

Agora, Kopeck e Jacinto — assim se chamava o carvoeiro incendiário — comentavam os hábitos dos xexéus que vivem em mangueiras. Não o faziam em voz baixa, mas como se estivessem numa mesa de botequim.

Piragibe estava fora de si. Tamanho desrespeito ao presidente da República.

O presidente mandou servir café.

Os dois anarquistas não tomaram. Não agradeceram. Nada os desviava da sua conversa.

Rodrigues Alves perdeu, de súbito, a paciência:

— Calem-se! Vieram aqui para me dizer o que pretendem. Em nenhuma parte do mundo presos vão falar com o presidente da República. O que é o anarquismo?

O ruivo Kopeck era bem mais alto que o mulato Jacinto. Qualquer coisa, porém, muito antiga, e muito sólida, os irmanava.

O presidente esperava, debruçado ansiosamente sobre a larga mesa de mogno, uma resposta. De repente, achou que conhecia o anarquista polonês:

— O senhor não terá falado comigo antes? — indagou.

Kopeck fez ouvidos de mercador. Já não seria possível arrancar de nenhum deles um mísero *a*.

— Leve-os, coronel — disse, desalentado. — É inútil.

Achando escancaradas a secretaria e a sala de despachos, o dr. Oswaldo Cruz entrara. Tinha envelhecido 10 anos nos dois últimos dias.

Deu de cara com o grupo que saía. Assustou-se:

— Kopeck! Que faz aqui?

— Conhece-o? — indagou, surpreso o presidente.

— É o meu chofer! — gritou Oswaldo Cruz.

Incríveis e intrincados são os fios desta vida...

O ENTERRO DOS GUAIAMUNS estava marcado para o nascer do sol.

Nhá Jovina apareceu com um beiju do tamanho da copa de um guarda-sol. A Samaritana serviu o café.

— Tataratata... tatá! — soou a corneta do Beiço de Prata. E, depois de algum tempo:... tatara... ta... taaaaa!

Ninguém ouvira jamais aquele toque.

Nininha arregalou os olhos. Reclinada no colo de Gracinha, sonhava com a Inana.

Que significava o misterioso toque de corneta?

O negro mais alto que Nininha já vira, encheu, com a sua presença, o portal da "hospedaria dos burros". Atrás dele, surgiu um grande guarda-sol rosa. O pajem que o carregava vestia-se de verde com golas brancas, penacho de índio na cabeça. Outro molequinho segurava o manto da rainha, também de penacho e fantasia verde.

A rainha entrou, enfim. Usava cabeçote preto, golas e punhos de renda branca. O manto era vermelho, com estrelas amarelas. O saiote também vermelho. Pulseiras de todas as cores nos punhos e tornozelos.

Carregava um punhal na cintura. (Nunca que Nininha imaginasse uma rainha de punhal.) E a coroa? Caprichosa, de lata amarela. O cortejo era tão colorido, que doía a vista, brilhando ao sol da manhã. Estavam todos descalços.

A rainha olhou em volta, o negro alto sempre à sua frente. Caminharam até os guaiamuns sem vida.

Lindinho se levantou.

Quem não sabia que guaiamuns e carapicuís eram inimigos de morte? Haveria um combate mortal?

Manduca aproximou-se. A rainha carapicuí explicou, então:

— General. Viemos homenagear os filhos do povo que morreram na luta.

E dirigindo-se ao chefe do bando rival:

— Vamos brigar juntos. Com a bênção de Oxossi. Como no tempo da escravidão.

A cabeça de Nininha deu cinco voltas, completas. E parou no mesmo lugar. A rainha falara com voz de homem!

Puxou o braço de Gracinha:

— A rainha é...

— Não, Nininha. — explicou a mulher de Nero. — Não é homem, mas também não é mulher. Quer dizer... É homem e mulher. Rainha-homem.

A brava mulher do ferreiro afagou a cabeça da garota. Ela mesma não conseguia entender os mistérios do povo.

A rainha carapicuí e seu cortejo olharam as faces dos mortos. Manduca informou que o enterro sairia logo. Os guaiamuns, em redes, descansariam ali perto mesmo, na Mortona.

Foram cantando o rancho dos guaiamuns.

A própria rainha puxou o canto, com sua voz grave. Lindinho e Manduca iam ao seu lado, debaixo do guarda-solão:

> Negro morreu de amor, eô
> por um mundo sem senhor, eô...

O pistão de Rosemblim, entre os violões, desfolhava notas roxas e quentes, como pétalas.

TRÊS DIAS de rebelião...

Suponho ter chegado a hora de dar, a quem lê esta história, algumas explicações.

Contra o quê, o povo carioca, quase inteiro, havia se rebelado?

Em grande parte foi contra o Bota-Abaixo, o prefeito que derrubou o velho centro da cidade. Os despejados acabaram enchendo os subúrbios e as favelas. Mas isto foi só algum tempo depois.

A revolta contra a vacina (que no fundo não era contra a vacina) foi feita pelas centenas de famílias que se encontravam na rua. De um dia para o outro, tiveram de morar sob as marquises, no átrio das igrejas, junto com os cães e os mendigos, sob as escadas sebosas dos poucos cortiços que continuavam de pé.

Esta pobre gente atendia a qualquer convocação do Centro Operário; ou da Liga Contra a Vacina Obrigatória.

O governo queria, de qualquer forma, civilizar o Rio de Janeiro. E os moradores pobres foram os maiores prejudicados por esta obra de civilização.

— Podia ter sido diferente?

Dentro do governo ninguém fazia esta pergunta.

Ou, quando a faziam, davam de ombros. Os responsáveis iam tomar vermute nas confeitarias elegantes da rua do Ouvidor. E esqueciam o povo.

Um engenheiro-chefe, entrevistado pelo *Diário Fluminense,* chegou a responder assim:

— O povo sempre sofreu. Quem construiu as pirâmides? Quem lavrou a terra para a nobreza e a Igreja, durante toda a Idade Média? O povo, meu filho. Não queira ser palmatória do mundo.

Os despejados atendiam a todas as convocações da Liga e do Centro.

— É pra quebrar? — o sujeitinho perguntava.

— Sai da frente que lá vamos nós! — gritavam outros sujeitinhos, meio a sério, meio brincando.

Outro entrevistado (ele se dizia pedreiro e estafeta) respondeu à mesma pergunta feita ao engenheiro-chefe:

— Não sei se pode ser diferente, não estudei História. Não leio livros. Entrei na escola por uma porta e saí por outra. Nada temos, nem casa. Por que só os outros hão de ter?

Em suma: morava nos corações dos despejados, naquele distante ano de 1904, o mais rubro dos ódios.

Intelectuais, como Raul Perneira, marquês de Vila Real de Guaratiba, falavam ao povo nos comícios:

— Podia ser diferente?

Raul Perneira garantia que sim.

A partir de um ponto, porém, suas explicações ficavam complicadas demais para os homens simples do povo. A vida que ele arquitetava, dizendo que os pobres podiam construí-la ainda neste mundo, parecia-lhes distante como a estrela Aldebarã: quando o povo a atingisse, já nada mais existiria.

Melhor, então, não pensar. Melhor destruir aquilo que os ricos mandam construir só pra eles:

— Se não é de todos, quebra!

Os pobres da cidade eram amigos de Raul Perneira só até certo ponto. Porque, embora do lado do povo, defendendo-o, Raul Perneira não gostaria nada que lhe fossem saquear a casa, envenenar os seus *dobermanns* com massarocas de formicida. Raul Perneira tinha algo a perder numa rebelião.

Por que a fúria do povo contra a Light?

Acho que a prevenção contra esta grande empresa já começava com as crianças. Quando elas aprendiam a soletrar: Vendo uma tabuleta da companhia, apressavam-se em ler: “Liguete”. A pessoa mais velha, dava-lhe um safanão; e corrigia: “Liguete, não. La-i-te!”

As crianças cresciam e pagavam bondes. Da classe média para cima, pouco estavam ligando para o preço. A maioria das crianças, porém, ao crescerem, permaneciam abaixo da classe média. E um centavo a mais, cada vez que se tinha de ir a um lugar, dentro da sua própria cidade, azeda o coração.

Além de tudo, a Light, naqueles tempos, só dava luz elétrica às ruas do alto comércio; e aos bairros elegantes.

Isto parecia um cruel desprezo pelos pobres.

Outra razão, finalmente, de o povo ter atacado e virado os bondes: eles serviam maravilhosamente de trincheiras!

Multicoloridos e enviesados, no tempo do marquês de Vila Real de Guaratiba, eram os fios da vida.

FOI NO TERCEIRO DIA DE REBELIÃO que Manduca começou a se desentender com Nero.

Foi, também, quando aconteceu uma coisa lamentável (eu preferia passar por cima dela. Mas não: tenho compromisso com a verdade).

Gonzalez não havia retornado mais à Pouca-Vergonha. O fracasso pesava-lhe nas costas como uma trouxa de cem quilos. Ângela, livre, sentia-se como uma colegial em férias — só que não haveria, depois, nenhuma volta às aulas.

Com seus olhos de água verde, zanzava o dia inteiro entre a barricada e a "hospedaria dos burros".

O comandante Manduca, com seus punhos salmão, explicava-lhe qualquer coisa:

— A bandeira vermelha, aquela, quer dizer guerra. Quando os trabalhadores forem donos do mundo...

Manduca estava repetindo uma explicação que ouvira de Nero.

— Mas você, Duquinha, não é trabalhador — disse Ângela, zombeteira.

— Sou um pequeno-burguês que está do lado do povo — respondeu ele, meio carrancudo.

(Hoje em dia, acho que Manduca podia ter escapado da sedução de Ângela. Ele é que não quis — e não me perguntem, também, porquê. Marcaram encontro na casa dela.)

Maria Amélia tinha ido à cidade. Quando voltou, perguntou pelo namorado: se fora à cidade, se acontecera alguma tragédia, se Nero o enviara em alguma missão Cresceu a angústia no seu peito, pois ninguém lhe respondia nada.

Gracinha acabou por tranqüilizá-la: vira Manduca entrar na casa da outra.

A mulher do ferreiro gostava de Ângela. Apreciava sua rebeldia diante das coisas e do abuso dos homens.

Aquele ato de sedução, de pura sedução, parecia-lhe, contudo, sujo. Sujo como o dos comerciantes que roubam no peso.

Manduca, de volta da aventura, encontrou a namorada chorando.

— Estou aqui. Por que choras, Maria Amélia?

Não a olhou mais nos olhos. E ela nada disse.

NERO PEDIU UMA REUNIÃO na sala do comando.

Era, pelo visto, alguma coisa grave.

— Manduca — falou o comissário. — Decidimos por grande maioria recuar.

Estavam presentes, Lindinho e o abre-alas da rainha carapicuí.

— Como?! — contestou Manduca. — Ganhamos todas as batalhas... Não aceito recuar. Desmontar a nossa trincheira...

A testa de Nero denotou sua preocupação:

— Você tem razão, em parte. Aqui, ganhamos todas. O mais importante, porém, é a situação geral. E ela está se tornando desfavorável.

Nero esperou um instante, para completar:

— Precisamos de mais organização. Avançaremos depois.

— Depois, quando? — perguntou Manduca, agressivo.

Nero ignorou esta pergunta. Estava disposto a argumentar em linha reta.

— Esta rebelião chegou ao fim, Manduca. Se não recuarmos a tempo, seremos esmagados. Recuar, às vezes também é lutar. Compreenda. Todos os outros companheiros, de outros bairros, já concordaram.

Manduca deixou cair os braços. Falou:

— Quais são, então, as suas ordens? — este "ordens" ele acentuou ironicamente.

Nero respondeu duramente, também:

— Não damos ordens a ninguém. Você fará o que quiser. A proposta da Liga é a seguinte: desmontar as barricadas, porque a revolta está morrendo. Queremos que a polícia encontre o vazio, quando voltar.

— Escute, Nero... — ia dizendo Manduca.

— Não deixarei que você decida pelos outros — cortou o ferreiro. — Lindinho, o que você decide?

— A gente quer brigar, Nero. Estamos aqui para isso. Mas se todo mundo pára, os guaiamuns param.

— E você, Embaixador?

— Os carapicuís param junto com o povo. Se o povo pára, os carapicuís param.

Nero virou-se, então, para Manduca:

— Você ficou sozinho, Manduca, vê? Pouca gente ficará com você.

Depois concluiu, rispidamente:

— Saiba que a sua teimosia não adianta para a causa do povo.

Naquele momento entrou Ângela. Trazia dois copos e uma moringa.

Nero continuou:

— Há um argumento que deixei para o fim. É decisivo.

Lindinho e o Embaixador arrastaram as suas cadeiras mais para perto. O grandalhão falou:

— Os políticos querem aproveitar a rebelião popular para derrubar o governo.

Ângela saiu para buscar mais copos.

— Não gostamos nada deste governo — concluiu Nero. — Mas não vamos servir de escada para ninguém.

A NOITE DO TERCEIRO DIA de rebelião foi calma como um vôo de garça. Povo e polícia, como cães, recolheram-se para lamber as suas feridas.

O governo esperava, confiantemente, que as Forças Armadas assumissem o papel da Força Pública, debelando a agitação. Rodrigues Alves dormiu ainda mais cedo, certo de que tudo sairia pelo melhor.

Muitos combatentes anônimos voltaram às suas casas pela primeira vez em quatro dias. Tinham por vezes manchas de sangue nas calças. Já não tinham forças sequer para contar as próprias façanhas:

— Bota o jantar, mulher. Estou morto de sono.

O esforço cansara-lhes o orgulho.

Muitas barricadas foram desmontadas, algumas pela polícia, outras pelos próprios rebeldes. A Liga Contra a Vacina resolvera recuar.

Como um fogo de palha, que a si próprio se consome, a rebelião popular extinguia-se.

A tarde se passara em doido corre-corre, o povo apedrejava os cavalarianos, metia-se nas vielas, os animais escorregando nas cortiças e bolinhas de gude.

É de reconhecer, porém, que os encarregados da Lei começavam a ganhar.

Uma faísca de endemoninhados bailava, então, no centro dos seus olhos.

A NOITE CHEGOU PALPITANTE de estrelas.

Uma brisa veio da barra farfalhar as avencas do Passeio Público. Os donos dos bares pensaram em reabrir:

— Não. Seguro morreu de velho — aconselhavam os mais velhos.

Pipoqueiros e vendedores de aluás começaram, contudo, a procurar seus fregueses pelos bancos de pedra, escondidos sob as amoreiras.

Na Pouca-Vergonha, como no Castelo, na Mata-Cavalos, na Cidade Nova, pretinhas voltaram a bailar suas cantigas, mãos dadas, testas perladas de suor:

> Ô mulata assanhaaaaada,
> onde é que você moooora?
> moro na praia Formoooosa...

Jovina recomeçou a engomar. Pela janela aberta via as luzes de Niterói.

O que estava diferente no mundo? Talvez a Terra houvesse deixado de rodar, mas ela desconhecia, absolutamente, o fato maravilhoso de que alguma vez ela tivesse rodado.

V

Último Dia de Rebelião

NO QUARTO DIA DE REBELIÃO os jornais voltaram a aparecer nas bancas.

O povo aglomerou-se, para comprar e discutir as notícias. Isto aconteceu já por volta do meio-dia — a vida da cidade começava, lentamente, a se normalizar.

Eis as manchetes que o povo leu:

"Galeguinho da Saúde comanda invasão da 2ª delegacia. Seis mortos."

"Bondes rolam de Santa Teresa como se fossem lagartas de fogo."

"Feira de São Cristóvão termina em pancadaria; a baderna chega aos bairros distantes."

"Governo recupera autoridade com o estado de sítio."

"Identificados pelo senhor chefe de polícia os incendiários da casa de Joaquim Nabuco: eram os mesmos sabotadores da barca 13. Já confessaram."

"Polícia destrói trincheiras da Salvador de Sá."

"Família do dr. Oswaldo Cruz em segurança, depois do susto."

"Sargento de polícia enlouquece e solta presos. Em liberdade Kopeck e Jacinto."

A ESTA ALTURA torna-se necessário uma nova explicação.

Evitei-as o quanto pude, pois eu mesmo, que fui testemunha dos fatos, não tenho certeza de nada.

Quem eram os políticos inimigos de Rodrigues Alves que pretendiam se aproveitar da rebelião popular para derrubar o governo? (Nero e os outros líderes da rebelião detestavam-nos tanto quanto ao presidente da República. E não queriam servir de alavanca para colocá-los no governo.)

Em primeiro lugar, havia os *florianistas*. Eram partidários do ex-presidente Floriano Peixoto. (Não queriam exatamente a sua volta ao poder, pois Floriano já tinha morrido; queriam a volta do *espírito de Floriano*: honestidade e trabalho para construir uma "pátria grande".)

Em segundo lugar, havia os *positivistas*. Eram partidários de um governo forte, de preferência militar. (Eram *positivistas* porque se baseavam na filosofia de Augusto Comte. "A única verdade dos fenômenos está naquilo que se pode observar deles" — diziam. Não acreditavam, de jeito nenhum, por "razões científicas", que a vacina antivariólica desse certo.)

Tanto os florianistas quanto os positivistas achavam Rodrigues Alves "um verdadeiro banana". Com o que contavam para derrubá-lo?

Contavam com a rebelião popular.

O povo estava nas ruas, comandado pelos anarquistas e capoeiras: era aproveitar e, na crista da onda, derrubar Rodrigues Alves. Uma tática velha e fácil. (Xenofonte, o autor preferido do presidente, já a achava velha e fácil.)

A Liga Contra a Vacina e o Centro Operário, assim que perceberam esta manobra começaram a esvaziar a rebelião que tinham promovido. Não queriam permitir que o povo, bravo e ingênuo, fosse usado pelos golpistas.

Foi o que Nero tentou explicar a Manduca — e Manduca não compreendeu. (Como ia recuar, se a trincheira da Pouca-Vergonha era invencível? Por que encerrar voluntariamente a rebelião se ela parecia vitoriosa?)

QUANDO A POLÍCIA assaltou a Pouca-Vergonha pela terceira vez (na tarde deste quarto dia de rebelião), Nero olhava o teto.

Nunca se deitava àquela hora — mas o corpo pesava-lhe, de tanto esforço e correria.

Gracinha remexia qualquer coisa na cozinha. Moringa, enrodilhado ao seu lado, lambia as patas. Nada indicava o que ia acontecer.

O ferreiro não se conformava. Pensou: "Vou lá fora, desmonto aquela joça, dou umas palmadas no Manduca..." Não se conformava com a insistência do outro em continuar a luta. Por toda parte a rebelião morria, como um fogo de palha que se extingue sozinho.

Lembrou-se do conselho do Marreta: "Nada de violências entre nós. A prática vai mostrar ao Manduca que temos razão. Manduca é indisciplinado. Mas valoroso."

Moringa caminhou até a cozinha. Nero não conseguia dormir. Levantou-se para abrir as janelas, quando...

— Arreda, corno!

— Atira, fraqueza de governo! Aqui tem homem!

Conhecia muito bem aqueles gritos. Outros sons vieram em seguida: tiros, bombas, relinchos.

O cheiro e os sons da morte e do sangue.

Nero saltou pela janela como um galgo. Agarrou uma acha que somente dois homens fortes conseguiriam levantar. Colou-se à parede, ofegante.

A polícia vinha, desta vez, para liquidar o assunto.

O olhar de Nero abarcou a cena inteira. Viu claramente que desta vez seriam vencidos. Liberada de outras partes, onde a rebelião esfriara completamente, a milícia atacava-os com disposição. E força redobrada. Para os milicianos, a tomada da Pouca-Vergonha tornara-se questão de honra.

Por dois ou três minutos, os atacantes calaram suas armas. Haviam trazido uma carreta e, por trás dela, ofegavam como tigres antes do salto. Não atacavam apenas de frente: meteram-se no terreno baldio ao lado do açougue. Viam-se sobre o muro branco os canos das *comblains.*

Subitamente recomeçou a fuzilaria.

— Rendam-se, súcia! — gritou um sargento.

E tão logo fez-se silêncio:

— Quem é o chefe aí? Queremos falar...

Manduca e seus comandados não lhe deram resposta.

— Manduca! — tornou o sargento. — Deixe-se de loucuras, homem de Deus. Posso garantir a vida de todos.

Nero, chegando por trás, aproximou-se de Manduca:

— Temos poucas chances. Mas estou aqui ao seu lado. Para o que der e vier.

— Eu sabia — respondeu Manduca, radiante, abrindo o seu sorriso de garoto. — Espere e vai ver só uma coisa.

Reinava agora um silêncio espesso.

Na ponta da rua apareceu outra carreta. Em cima dela, um canhão.

Dois soldados apontaram-no para a barricada.

O tenente Evêncio corrigiu a posição. Hesitou um instante. Mandou que movessem a carreta para uma das calçadas.

Atrás da barricada, o coração dos rebeldes diminuía: um tiro daqueles os mandaria a todos para o inferno.

O soldado introduziu o petardo.

(Ah, o que aconteceu em seguida, está, até hoje, nas minhas retinas. Tenho dificuldade em contar, a voz se me embarga, um nó aperta-me a garganta.)

Tamanha agilidade não era humana. Como flechas caíram sobre os atacantes, saindo das portas repentinamente abertas da Samaritana, dezenas de criaturas negras.

Explodiam nos peitos dos soldados como sacos de uma tonelada. Os artilheiros largaram a carreta para socorrerem os companheiros. Engalfinhavam-se no chão com os carapicuís (tinham sido os carapicuís que lhes caíram em cima, de surpresa), mordiam-se e xingavam como demônios.

Ao lado de Nero, Manduca sorria.

— Vamos desalojá-los do terreno baldio — falou Nero. — Agora, que se distraíram.

Pulou do bonde que os protegia, empunhando sua acha. Cosendo-se cuidadosamente à parede atingiu o portão. Com o ombro derrubou-o. Os dois soldados que atiravam de lá, ao verem-no tão perto, giraram rapidamente os canos.

O da frente foi apanhado de lado. E caiu de borco, como uma jaca.

O segundo, teve tempo de virar-se para correr. Mas achou melhor atirar.

Ouvimos apenas o estampido. E um som forte como de bexiga estourada contra a parede.

OS ASSALTANTES DEBANDARAM. Não foi ainda desta vez.

Havia perdas dos dois lados. Feridos arrastavam-se, procurando o apoio de uma parede. Como da outra vez, janelas e portas começaram a se abrir. Guaiamuns saíram em perseguição aos soldados, mas eles próprios sabiam que não adiantava muito. Manduca lembrou-se de Nero.

O ferreiro respirava forte e tinha o rosto ensangüentado. Carregaram-no para a casa de Rosemblim. Descobriu-se mais um tiro, na altura do ombro esquerdo — a camisa empapava-se de sangue a cada esforço que fazia para respirar. Foram chamar Gracinha e Moringa.

As veias do seu braço pareciam cordas duras, enroladas.

VI

Um Mês Depois

O MAR À SUA FRENTE passara rapidamente de azul a prata.

Nem sinal da baleeira que combinara vir buscá-lo.

Tia Anastácia falara-lhe, ontem, com toda franqueza:

— Escute, menino. Por minha vontade você ficava a vida inteira aqui. Mas não confio no Zuzu, o capataz. Ele é bem capaz de ir a Santa Cruz, prevenir o delegado...

— Está bem, tia Anastácia — respondeu. — A senhora já fez muito.

— Ora, menino...

Estava ali, agora, diante dos caminhos do mar. Esperava e cismava no destino. Lembrou-se de Closete...

— Manduca! Manduca! — via uma garota — ou mulher — correndo na sua direção. Assustou-se.

Levou um tempo enorme para reconhecer.

— Gracinha!

— Sim, sou eu. Aonde vai? — perguntou a mulher do ferreiro.

— Para Santos. Recomeçar a vida.

E antes que ela pudesse dizer qualquer coisa:

— E Melinha? Está me esperando?

— Espera, Manduca. Espera você até o fim do mundo. Mandou isso.

Manduca não ligou para o embrulho cor-de-rosa. Mães-bentas, talvez, feitas com amor. Queria era notícias dela, se o esperava de verdade, se ainda se considerava sua noiva.

A mulher do ferreiro nem parecia ter sofrido tanto, havia tão pouco. Sua fala era mansa, seus olhos calmos.

Tinha uma notícia para o general:

— Vou ter um filho.

Manduca esteve um instante sem compreender. Depois:

— Um filho! Você vai ter um filho!

— Vim somente para lhe dizer isso... — disse Gracinha.

Ele, porém, parecia abobalhado:

— O filho de Nero!... O filho de Nero!...

— Bom. Adeus — e estendeu-lhe a mão.

Gracinha já ia longe, diminuindo sobre o areal sem fim.

— E como vai se chamar, hem? — berrou o general.

Gracinha demorou a entender. Pôs as mãos em concha para gritar:

— Se for mulher, Varínia. A mulher de Spartaco! Se for homem...

Mas ele não precisava ouvir.

Sabia muito bem.

Dados Biobibliográficos do Autor

Joel Rufino dos Santos nasceu no Rio de Janeiro a 19 de julho de 1941. Filho de Antônio Rufino dos Santos e Felicidade Flora dos Santos, casal de modestos pernambucanos que veio tentar a vida na outrora cidade maravilhosa.

Foi garoto suburbano numa época em que Zizinho e Ademir, no futebol; Orlando Silva e Emilinha Borba, na música popular; Luís Carlos Prestes e Getúlio Vargas, na política — reinavam absolutos. O bairro em que passou a infância era bem o retrato do velho Rio: loucos que perambulavam pelas ruas, pingentes que caíam diariamente dos trens da Central, filhas de operários que fugiam com bicheiros...

Desde cedo sofreu influência da avó, preta velha contadora de histórias. Por intermédio da prodigiosa memória de d. Maria, relatos e expressões do folclore nordestino lhe foram transmitidos — e acabam irrompendo na sua literatura mais tarde.

Aluno de colégio pobre e deficiente, apenas uma coisa lhe ficou gravada fortemente: a vontade de nunca ser professor, os punhos puídos, as piadas dos alunos pelas costas. Terminado o científico, porém, foi para a antiga Faculdade Nacional de Filosofia da Universidade do Brasil que se dirigiu — suas pretensões eram muito poucas para tentar Medicina, ou Engenharia, ou Direito (as batidas profissões daquele tempo). Quase se formou em História no ano de 1964: sua atividade política o colocara, entretanto, no índex do Movimento Revolucionário de Março. Ficou sem diploma.

Cerca de um ano no Chile, na condição de exilado, lhe definiu o interesse pelas coisas e pela literatura latino-americana. Desde então começa a receber influência de Alejo Carpentier, García Márquez, Ciro Alegria, Manuel Rojas.

De volta ao Brasil, em 1967, radica-se em São Paulo, onde inicia sua carreira literária (até aí, publicara somente livros de História e Política). Foi, em parte, um acaso: a revista *Recreio*, infantil, necessitando de histórias, convidou-o a tentar. Veio então à tona aquilo que sua avó lhe imprimira bem fundo: casos de curupiras, lobisomens, do bando de Lampião, boitatás... Das páginas de *Recreio* passou aos livros, sempre bem recebidos pela crítica, como foi o caso de *Uma estranha aventura em Talalai*, agraciado com o Prêmio Jabuti, da Câmara Brasileira do Livro, em 1979. Esta mesma novela juvenil foi indicada para representar o Brasil na Feira do Livro de Bolonha, 1979. Em 1979 e 2006, Joel Rufino foi indicado ao Hans Christian Andersen, o mais importante prêmio internacional de literatura no gênero infanto-juvenil.

BIBLIOGRAFIA

LITERATURA INFANTIL E JUVENIL

A botija de ouro. São Paulo: Ática, 1984.

A pirilampéia e os dois meninos de Tatipurum. São Paulo: Ática, 1980.

Aventuras no País do Pinta-Aparece. São Paulo: Abril, 1977; São Paulo: Círculo do Livro, 1982.

Cururu virou pajé. São Paulo: Ática, 1984.

Duas histórias muito engraçadas. São Paulo: Moderna, 2002.

Dudu Calunga. São Paulo: Ática, 1986.

El sabor de África — Historias de aquí y de allá. Tradução de Lourdes Hernández Fuentes. México: Global, 2003.

Gosto de África. São Paulo: Global, 1998.

História de Trancoso. São Paulo: Ática, 1987.

Ipupiara. São Paulo: Moderna, 1985.

Mania de trocar. São Paulo: Moderna, 1991.

Marinho, o marinheiro. São Paulo: Abril, 1977; São Paulo: Círculo do Livro, 1982.

O burro falante. São Paulo: Moderna, 1991.

O caçador de lobisomem. São Paulo: Abril, 1976; 9ª edição, Rio de Janeiro: Salamandra, 1986.

O curumim que virou gigante. São Paulo: Ática, 1980.

O curupira e o espantalho. São Paulo: Abril, 1978; Abril/Instituto Nacional do Livro, 1979.

O grande pecado de Lampião e sua peleja para entrar no céu. Rio de Janeiro: Antares, 1987.

O noivo da cutia. São Paulo: Ática, 1980.

O presente de Ossanha. São Paulo: Global, 2000.

O saci e o curupira e outras histórias. São Paulo: Ática, 2002.

O saci e o curupira. São Paulo: Ática, 1984.

O soldado que não era. São Paulo: Moderna, 1983.

Quatro dias de rebelião. Rio de Janeiro: José Olympio, 1980; 2ª edição, São Paulo: FTD, 1992; 3ª edição, Rio de Janeiro: José Olympio, 2006.

Rainha Quiximbi. São Paulo: Ática, 1986.

Uma estranha aventura em Talalai. São Paulo: Pioneira, 1979; 8ª. edição, São Paulo: Global, 1998.

Uma festa no céu. Belo Horizonte: Miguilim, 1982.

NÃO-FICÇÃO PARA JOVENS

Constituições de ontem, Constituinte de hoje. São Paulo: Ática [s/d].

O que é racismo. São Paulo: Brasiliense, 1980.

Quando eu voltei tive uma surpresa (cartas para Nelson). Rio de Janeiro: Rocco, 2000.

Quem fez a República?, São Paulo: FTD, 1989.

Zumbi dos Palmares. São Paulo: Moderna, 1985.

LIVROS DIDÁTICOS

História do Brasil (ensino médio). São Paulo: FTD, 1991; São Paulo: Marco Editorial, 1980.

Histórias, história (ensino fundamental, 4 volumes). São Paulo: FTD, 1992.

FICÇÃO PARA ADULTOS

Crônica de indomáveis delírios. Rio de Janeiro: Rocco, 1991.

NÃO-FICÇÃO PARA ADULTOS

A questão do negro na sala de aula. São Paulo: Ática, 1990.

A República: campanha e proclamação. Rio de Janeiro: JCM Editores, 1970 (com o pseudônimo: Pedro Ivo dos Santos).

Épuras do social. Como podem os intelectuais trabalhar para os pobres. São Paulo, Global, 2004.

História política do futebol brasileiro. São Paulo: Brasiliense, 1981.

Missão do Ministério da Cultura. Rio de janeiro: Edições Fundo Nacional de Cultura, 2002.

O dia em que o povo ganhou. Rio de Janeiro: Civilização Brasileira, 1979; São Paulo: Círculo do Livro, 1981.

O Renascimento, a Reforma e a Guerra dos Trinta Anos. Rio de Janeiro, JCM Editores, 1970 (com o pseudônimo : Pedro Ivo dos Santos).

Paulo e Virgínia — o literário e o esotérico no Brasil atual. Rio de Janeiro: Rocco, 2001.

CO-AUTORIA

Atrás do muro da noite. Brasília: Ministério da Cultura, 1991.

História Nova do Brasil (7 volumes). Rio de Janeiro: Ministério da Educação e Cultura, Rio de Janeiro, 1963; São Paulo: Brasiliense, 1967.

Mataram o presidente. São Paulo: Alfa-Ômega, 1996.

COLETÂNEAS

"A bioética e o Brasil", in *Bioética no Brasil*. Rio de janeiro: Espaço e Tempo, 1999.

"Antes do Plebiscito", in *Defesa do Presidencialismo*. Rio de Janeiro: Espaço e Tempo, 1993.

"Bola Brasilis", in *Brasil Bom de Bola*. São Paulo: Tempo e Imagem, 1998 (edição trilingue).

"Como me apaixonei por livros", in *A formação do leitor: Pontos de vista*. Rio de Janeiro: Argus, 1999.

"Como nasceu a primeira mandioca", in *Contos, lendas e mitos da América Latina.* São Paulo: UNESCO et alii, 1981; publicado também in *Cuentos , Leyendas y Mitos para Niños de America Latina*, UNESCO, 1991.

TRADUÇÕES

A colonização alemã no Espírito Santo. Difusão Européia do Livro, São Paulo, 1968.

Filho de ladrão (Hijo de Ladrón — Manuel Rojas, 1951). Rio de Janeiro: Civilização Brasileira, 1967.

Este livro foi impresso nas oficinas da
DISTRIBUIDORA RECORD DE SERVIÇOS DE IMPRENSA S.A.
Rua Argentina, 171 – Rio de Janeiro, RJ
para a
EDITORA JOSÉ OLYMPIO LTDA.
em dezembro de 2006

*

75º aniversário desta Casa de livros, fundada em 29.11.1931